Akte X Novels
Die unheimlichen Fälle des FBI ™

Eve

Ellen Steiber

AKTE X

DIE UNHEIMLICHEN FÄLLE DES FBI

Eve

Roman

auf Basis der gleichnamigen Fernsehserie
von Chris Carter, nach einem Drehbuch
von Kenneth Biller und Chris Brancato

Aus dem Amerikanischen von
Christian Rendel

vgs

Erstveröffentlichung bei:
HarperTrophy – A Division of HarperCollins Publishers, New York
Titel der amerikanischen Originalausgabe:
The X-Files – Eve

Die Deutsche Bibliothek – CIP-Einheitsaufnahme
Akte-X-Novels – die unheimlichen Fälle des FBI. – Köln : vgs
Bd. 2. Eve : Roman / Ellen Steiber. Aus dem Amerikan. von
Christian Rendel. – 1. Aufl. – 1997
ISBN 3-8025-2475-6 Gb.

1. Auflage 1997

Coverdesign: Steve Scott
Umschlaggestaltung der deutschen Ausgabe:
Papen Werbeagentur, Köln

Satz: ICS Communikations-Service GmbH, Bergisch Gladbach
Druck: Clausen & Bosse
Printed in Germany
ISBN 3-8025-2475-6

1

Der Herbst ließ die Bäume an den Straßen von Greenwich, Connecticut, in allen Farben erstrahlen. Die Ahornblätter waren tiefrot, die Eichen golden und der Himmel ein frisches, klares Blau. Ein Wirbel herabgefallener Blätter drehte sich in einem kalten Windstoß, und Donna Watkins schlug den Kragen ihres marineblauen Trainingsanzuges hoch. Fast zwanzig Minuten Joggen lagen hinter ihr und ihrem Mann Ted. Normalerweise hätte sie jetzt geschwitzt, aber heute wurde ihr einfach nicht richtig warm. Ihre Finger in den wollenen Handschuhen waren eiskalt. Sie fühlte sich bis auf die Knochen durchgefroren.

Der Winter kommt früh dieses Jahr, dachte Donna unbehaglich. Obwohl es erst Anfang November war, hatten viele Bäume ihre Blätter bereits verloren. Ihre schwarzen Äste griffen wie Skelettfinger nach dem Himmel. Donna erschauerte bei dem Anblick. Sie wußte nicht warum, doch kahle Äste ließen sie stets an den Tod denken.

Sie beschleunigte ihre Schritte, als sie die Straße überquerten und um die Ecke zu ihrer eigenen Häuserzeile bogen. Ted winkte einem ihrer Nachbarn zu, Mr. Whelan, der in seinem Garten das Laub zusammenrechte. Mr. Whelan war offensichtlich bester Laune. Donna versuchte, ihr unbehagliches Gefühl abzuschütteln. Schließlich war es ein schöner Samstagmorgen, und sie und Ted waren erst kürzlich in ihr Traumhaus eingezogen. Sie hatten lange gesucht, bis sie ein passendes Objekt in Greenwich gefunden hatten. Sie verspürten keine Lust, in einem der Vororte zu wohnen, wo alle Häuser gleich waren und die meisten so aussahen, als wären sie an einem Nachmittag erbaut worden. Donna liebte diese Gegend mit ihren riesigen Bäumen, den breiten Straßen, geräumigen alten Häusern und gepflegten Rasenflächen. Greenwich hatte etwas Beruhigendes; es vermittelte den Eindruck, daß hier alles in Ordnung und so war, wie es sein sollte.

Donna verlangsamte ihr Tempo, als sie das aufgebrachte Bellen eines Hundes hörte. Später würde sie sich daran als an das erste Anzeichen dafür erinnern, daß etwas nicht stimmte.

Sie blickte über die Straße und sah ein kleines Mädchen am Ende der kreisförmigen Einfahrt stehen, die zu einem großen, weißen, zweistöckigen Haus führte. Es war Teena Simmons, die Tochter ihrer Nachbarn. Sie stand, ohne Mantel in einer kurzärmeligen weißen Bluse, rosa Shorts und weißen Söckchen, zitternd da und hielt ein Plüschkaninchen im Arm.

„Was macht sie denn da ganz alleine?" fragte Donna keuchend.

Ted zuckte ratlos die Achseln. Nebeneinander überquerten sie die Straße, um der Sache auf den Grund zu gehen.

„Teena?“ rief Ted.

„Liebling?“ fragte Donna mit besorgter Stimme. Das achtjährige Mädchen hatte einen schüchternen Eindruck auf sie gemacht, als sie das Kind einige Wochen zuvor kennengelernt hatten, aber das hier war mehr als Schüchternheit. Obwohl sie direkt vor ihr standen, gab Teena keine Antwort. Sie wollte sie nicht einmal ansehen. Sie stand einfach nur zitternd da. Ihr Gesichtsausdruck hatte etwas Abwesendes, als ob sie Ted und Donna gar nicht gehört hätte. Das war das zweite Anzeichen, daß etwas nicht stimmte. Etwas Ernstes.

„Du holst dir ja den Tod“, sagte Donna sanft. Im stillen fragte sie sich, ob das Mädchen einen Schock erlitten hatte. „Wo ist deine Jacke?“

Teena blieb schweigsam und drückte ihr Kuscheltier an die Brust.

„Wo ist dein Daddy?“ fragte Ted.

Zum ersten Mal machte Teena den Mund auf. „Im Garten“, sagte sie. „Er hat gesagt, er braucht ein bißchen Zeit, um allein zu sein.“

Das Paar wechselte verdutzte Blicke.

„Ich würde sagen, seine Zeit ist um“, sagte Ted und machte sich auf den Weg hinter das Haus.

„Komm, Kleines!“ sagte Donna zu dem Mädchen. „Bestimmt will er nicht, daß du dich erkältest.“

Ted ging an der Flanke des Hauses vorbei in den Garten. Er kam an ein paar Gartenstühlen, einem Grill und einem Vogelhäuschen vorbei. Dann durchquerte er den Garten bis zum anderen Ende, wo Joel Simmons einen kleinen Spielplatz mit Schaukeln und einer Minirutschbahn gebaut hatte.

Joel Simmons saß mit dem Rücken zu Ted auf einer der Schaukeln. Er trug einen dunkelgrünen Overall.

Wahrscheinlich hat er im Garten gearbeitet und wollte nur mal eine Pause machen, dachte sich Ted erleichtert. „Joel?“ rief er.

Keine Antwort.

„Heh, Joel“, sagte Ted und bemühte sich um einen lockeren Tonfall. „Ich dachte, die Schaukeln wären für deine Tochter gedacht und nicht für dich.“

Doch immer noch kam keine Reaktion von Joel Simmons.

„Was zum –?“ murmelte Ted. Während er auf die Schaukeln zuging, registrierte er, daß Donna und Teena ihm in den Garten gefolgt waren.

Er gab Joel einen freundlichen Klaps auf den Rücken.

Joels Körper schaukelte leicht hin und her. Dann kippte sein Kopf zur Seite.

Ted spürte, wie sein Herzschlag beschleunigte. Joel war unnatürlich bleich, seine Haut hatte eine beängstigende, bläulich-weiße Farbe angenommen. Ein dünner Faden Blut rann aus seinem Mundwinkel, und seitlich an seinem Hals waren zwei tückisch aussehende Wundmale zu sehen. Seine Augen waren nach oben verdreht und starrten ausdruckslos ins Leere, eingefroren in einem ewigen Schock.

Ted fuhr zusammen, als Teena hinter ihm einen gequälten Schrei ausstieß. Donna zog das Mädchen an sich und schirmte es vor dem grausigen Anblick der Leiche ihres Vaters ab.

Benommen wich Ted von der Leiche zurück und rannte zum Haus. „Ich rufe die Polizei!“ rief er seiner Frau zu.

Donna stand auf dem Gartenweg und hielt Teena fest. Das Mädchen schluchzte und vergrub seinen Kopf in Donnas Seite. Ihr ganzer Körper bebte. Donna glaubte, das Herz des Kindes brechen zu spüren, als Teena in Richtung Schaukel sah und flüsterte: „Daddy.“

Donnas Welt hatte sich mit einem Schlag verändert. Noch vor Minuten war ihr Greenwich wie ein sicherer Ort erschienen, an dem alle Dinge an ihrem Platz waren. Jetzt hatte sich dieses Gefühl der Sicherheit in nichts aufgelöst. Und sie wußte, daß sie sich hier nie wieder völlig geborgen fühlen würde.

Der winterliche Wind griff nach ihr, und Joel Simmons’ toter Körper schwang auf der Kinderschaukel wie eine Puppe hin und her.

2

In einem Büro im Keller des J. Edgar Hoover-Gebäudes des FBI öffnete Special Agent Dana Scully einen großen braunen Umschlag und nahm einen Bericht mit der Aufschrift „Büro des Leichenbeschauers, Greenwich, Connecticut“ heraus.

Das Gesicht der jungen Frau mit den rotblonden Haaren und den dunkelblauen Augen offenbarte ein leichtes Unbehagen. Das lag daran, daß es ihr im Büro ihres Partners Fox Mulder immer schwerfiel, sich zu konzentrieren. Sie konnte sich nicht vorstellen, wie Mulder in diesem Durcheinander jemals etwas wiederfand – oder auch nur halbwegs vernünftig arbeiten konnte. Das winzige Büro war vollgestopft mit Aktenschränken, überladenen Bücherregalen, Fotografien von UFOs und riesigen Stapeln von Magazinen, alten Zeitungen und Aktenordnern, von denen die meisten sich jeden Augenblick lawinenartig über den Fußboden zu verteilen drohten. An einer Wand hing ein großes Poster mit der Aufschrift „I want to believe“. Was Scully gerne geglaubt hätte, war, daß Mulder eines Tages einmal hier aufräumen würde. *Keine Chance*, dachte sie und wandte ihre Aufmerksamkeit wieder der Akte zu.

„Tod durch Hypovolämie“, las sie vor. „Fünfundsiebzig Prozent Blutverlust.“ Sie legte den Bericht auf den Tisch und sah, wie Mulder mit zusammengekniffenen Augen ein Dia prüfte. Er schien ihr gar nicht zugehört zu haben.

„Das sind über vier Liter Blut“, sagte Scully. „Ein gesunder Erwachsener hat im Durchschnitt nicht mehr als fünfeinhalb Liter.“ Bevor sie zum FBI gestoßen war, hatte Scully eine Ausbildung zur Ärztin und Physikerin absolviert. Sie und Mulder ergaben ein seltsames Paar. Scully glaubte an die Gesetze der Logik, der Ordnung und der Wissenschaft. Mulder hingegen war bereit, so ziemlich an *alles* zu glauben – je abstruser eine Theorie, desto besser.

„Man könnte sagen, der Mann lief auf Reserve“, scherzte Mulder.

Scully ignorierte das und griff wieder nach dem Bericht. Die Situation war zu bizarr, um sie mit Humor zu nehmen. Sie fuhr fort, Mulder ins Bild zu setzen. „Die achtjährige Tochter des Mannes war nicht länger als zehn Minuten lang von ihm weg. Sie erinnert sich an nichts. Am Tatort sind keinerlei Blutspuren gefunden worden.“

Mulder ging auf einen Aktenschrank zu. „Und was an Spuren vielleicht vorhanden war, hat der Regen gestern fortgespült“, ergänzte er, mit dem Fall offenbar bereits vertraut. Trotz seiner lässigen Art und seiner grauenhaften Witze war Fox William Mulder einer der besten Verbrechensanalytiker des FBI. Ausgestattet mit einem fotografischen Gedächtnis, hatte er in Oxford Psychologie studiert, bevor er FBI-Agent geworden war. Mulder hatte sich innerhalb des Büros rasch einen Namen gemacht, indem er seine psychologischen Kenntnisse anwandte, um ein erfolgreiches Profil von Serienmördern zu erstellen. Scully hatte seine Arbeit gelesen und war beeindruckt, wie gut er die Denkweise von Kriminellen verstand. Inzwischen jedoch waren Serienmörder nicht mehr Mulders Stekkenpferd. Er hatte sich ein anderes Spezialgebiet ausgesucht, eines, an dem sich niemand sonst die Finger verbrennen wollte.

„Außer zwei punktförmigen Einstichen an der Drosselvene hatte der Mann keine Verletzungen“, fügte Scully hinzu.

Mulder öffnete einen Aktenschrank voller alter, vergilbter Ordner. Sie enthielten den eigentlichen Gegenstand seines Interesses, von dem er, wie böswillige Zungen behaupteten, *besessen* war. Es waren die X-Akten, eine spezielle Sammlung von Fällen, die J. Edgar Hoover 1946 begonnen hatte; Fälle, die nicht in den normalen Rahmen der Verbrechensbekämpfung paßten. Berichte über Begegnungen mit Außerirdischen, UFOs, Gestaltwandler, parapsychologische Phänomene – sie befaßten sich mit unerklärlichen Ereignissen, kurz, mit allem, was dem Bereich des Paranormalen und Übernatürlichen angehörte.

Mulder holte mehrere dicke X-Akten aus dem Schrank und ließ sie vor Scully auf den Schreibtisch fallen. „Sind Sie mit dem Phänomen der Viehverstümmelung vertraut?“

Was könnten Viehverstümmelungen mit einem Mord in einem Vorort in Connecticut zu tun haben? fragte sich Scully. Nicht zum ersten Mal schoß ihr der Gedanke durch den Kopf, ihr Partner könnte den Verstand verlieren. *Na ja*, dachte sie optimistischer, *wenigstens deutet er nicht an, daß es ein Vampir gewesen sein könnte.*

Mulder schaltete die Deckenbeleuchtung aus. Der Diaprojektor trat in Aktion, und Bilder von toten Rindern auf offener Weide erschienen auf der Leinwand.

„Seit 1967 wurden aus über vierunddreißig Staaten ungeklärte Fälle von Viehverstümmelungen gemeldet“, begann Mulder.

Ein weiteres Dia, diesmal mit Detailaufnahmen vom Körper eines Rindes. Die Organe schienen chirurgisch entfernt worden zu sein.

„Die Spuren weisen beträchtliche Ähnlichkeit auf“, fuhr Mulder fort. „Beachten Sie die chirurgische Präzision der Schnitte!“

Noch ein Dia. Es zeigte einen der Schnitte aus der Nähe. Die Schnittflächen waren scharfkantig, wie mit einem Laser ausgeführt, registrierte Scully.

Mulder trat hinter sie, bediente den Projektor mit der Fernbedienung und projizierte das nächste Dia eines toten Rindes auf die Leinwand.

„Es gab erhebliche Blutverluste, ohne eine Spur von Blut am Tatort", berichtete er.

„Wie ist das möglich?" fragte Scully.

„Exsanguination."

Scully war schon lange genug Mulders Partnerin, um zu wissen, daß Mulders Theorien zwar verrückt klangen, sich aber oft als zutreffend erwiesen. Also hörte sie zu und versuchte, für alle Möglichkeiten offen zu sein, während er ihr etwas erklärte, das sie schon vor langer Zeit im Medizinstudium gelernt hatte.

„Wenn man einem Lebewesen eine Kanüle in die Drosselvene steckt, arbeitet das Herz selbst wie eine Pumpe, die fast alles Blut aus dem Körper preßt", erklärte Mulder. „Bei diesen Tieren wurden die Drosselvenen genauso punktiert wie bei dem Mann in Greenwich, Connecticut."

Er drückte auf die Fernbedienung, und ein Dia von dem verstorbenen Joel Simmons erschien auf der Leinwand. Scully betrachtete interessiert die beiden tückischen roten Wunden an seinem Hals. Sie sahen nicht aus wie der Biß irgendeines Tieres, das sie kannte.

Mulder tippte gegen die Leinwand und sagte: „Nur ist dies das erste Mal, daß ich das bei einem Menschen sehe."

Scully nahm sich wieder die Simmons-Akte vor. „Aber es gab keine Anzeichen für einen Kampf", sagte sie. „Ich meine, wie könnte man einen Aderlaß einfach so über sich ergehen lassen?"

„Der Leichenbeschauer hat in seinem restlichen Blut Spuren von Digitalis gefunden“, antwortete Mulder. „Das ist eine Droge, die Lähmungen verursachen kann.“

„Wer würde so etwas tun?“ fragte Scully, während sie im Geiste Hunderte von Fällen durchging, mit denen sie sich schon befaßt hatte. „Satanische Sekten?“

„Sekten sind auf leichtere Beute aus; Kinder und kleine Tiere“, erwiderte Mulder. „Alles, was sich nicht wehren kann.“

„Warten Sie mal!“ sagte Scully, während sie die Akten überflog, die Mulder ihr gegeben hatte. „Diese X-Akten weisen darauf hin, daß dies ein Phänomen ist, das mit UFOs zu tun hat. Hören Sie sich das an: „Oft wurden in der Nähe der Schauplätze eigenartige Erscheinungen am Himmel beobachtet . . .’“ Scully versuchte den skeptischen Unterton aus ihrer Stimme herauszuhalten, als sie fortfuhr: „’... Verbrennungsspuren an der Erdoberfläche ...’“

„Und viele Zeugen berichten von Zeitverlusten“, fügte Mulder hinzu. „Wie bei Entführungen durch Außerirdische. Das würde auch erklären, warum sich das Mädchen an nichts erinnern konnte.“

Scully seufzte. „Mulder“, sagte sie geduldig, „warum sollten Außerirdische so viele Lichtjahre durch’s Weltall reisen, nur um an Rindern Versuche durchzuführen?“

„Aus demselben Grund, aus dem wir Frösche und Affen sezieren“, erwiderte Mulder.

Scully schien nicht überzeugt zu sein.

„Abgesehen davon . . .“ Er kehrte noch einmal zu dem Dia von Simmons’ Halswunde zurück und tippte mit der Fernbedienung gegen die Leinwand. „... scheinen sie inzwischen auch anderweitig interessiert.“

Scully studierte das Bild auf der Leinwand. Sie hoffte, irgend etwas auf dem Foto zu entdecken, das die Umstände von Joel Simmons’ Tod erklären könnte. Mulders UFO-Theorie hatte sie nicht überzeugt. Besonders, da sie seine Vorgeschichte kannte. Als Mulder noch ein Kind war, verschwand seine jüngere Schwester, sie wurde mitten in der Nacht aus ihrem Schlafzimmer verschleppt. Mulder war überzeugt, daß sie von Außerirdischen entführt wurde, während er selbst durch eine unbekannte Macht gelähmt war, die auch seine Erinnerung an das Ereignis veränderte.

Scully wußte genug über den Fall, um einzuräumen, daß es so gewesen sein könnte. Dennoch konnte sie nicht glauben, daß Außerirdische für diesen Todesfall in Greenwich, Connecticut, verantwortlich waren.

Das Problem war nur, daß sie auch keine bessere Idee hatte.

3

Das Waisenhaus von Fairfield County in Greenwich war ein altes Gebäude. In einem kleinen Zimmer im obersten Stockwerk saß Teena Simmons auf dem Rand eines schmalen Bettes und umklammerte ihr Plüschkaninchen. Die Heimleiterin hatte gesagt, Teena würde das hübscheste Zimmer bekommen, und in den höchsten Tönen von den hohen Glastüren geschwärmt, die auf einen Balkon hinausführten, von dem aus man über die Baumwipfel blicken konnte. Immer wieder erzählte sie Teena von der großartigen Aussicht, aber Teena zeigte daran kein Interesse. Ihr gefiel es hier nicht. Die Wände waren mit abblätternder, gelbbrauner Farbe gestrichen, das Zimmer war schäbig und karg möbliert – ein klobiges Bett, eine schmale Holzkommode, bei der alle Schubladen klemmten, ein wackeliger Schreibtisch und ein Nachttischchen. Alles roch nach Desinfektionsmitteln. Es war ganz anders als in ihrem Zimmer zu Hause. Sie vermißte ihr Bett und ihr Spielzeug. Teena zog das Kaninchen noch enger an sich. Sie hatte das furchtbare Gefühl, daß sie ihr Zuhause nie wiedersehen würde.

Ein kalter, leichter Regen fiel, als Scully und Mulder das Fairfield County Waisenhaus erreichten. Die Temperatur hier in Connecticut war mindestens fünfzehn Grad niedriger als in Washington, und Scully wünschte, sie hätte ihren Wollmantel übergezogen und nicht nur den leichten Trenchcoat. Sie und Mulder hatten am Morgen eine Maschine von D.C. hierher genommen, nur wenige Stunden, nachdem ihnen der Fall Simmons übertragen worden war.

Ist das wirklich eine X-Akte? fragte sich Scully zweifelnd, während sie sich auf den Weg zum Eingang des Heimes machten. Und selbst wenn es eine war . . . würde ein achtjähriges Mädchen in der Lage sein, ihnen den Schlüssel zu dem mysteriösen Tod seines Vaters zu liefern?

Mulder klopfte an die Tür des Heims und ließ seinen Blick kurz über die Nachbarschaft wandern. Greenwich war eine wohlhabende Gemeinde, und Teena Simmons hatte vermutlich ein ziemlich privilegiertes Leben geführt. Es gelang ihm nicht länger, die Frage zu verdrängen, was jetzt wohl aus ihr werden würde.

Eine Frau mittleren Alters, geschäftsmäßig, aber durchaus freundlich, öffnete die Tür. Sie trug eine blaue Wolljacke über ihrer Bluse und dazu graue Wollhosen. Ihr langes Haar war aus der breiten, von feinen Linien durchzogenen Stirn zurückgekämmt und im Nacken mit einer Spange befestigt.

Mulder zeigte seinen Dienstausweis. „Special Agents Mulder und Scully."

„Sie kommen wegen Teena Simmons?“ fragte die Frau.

„Ja“, antwortete Scully. „Wir würden gern mit ihr sprechen, wenn das möglich ist.“

Die Frau streckte ihnen ihre Hand entgegen. „Ich bin Ms. Wells, die Heimleiterin. Bitte folgen sie mir!“

Ms. Wells führte sie über den Dielenfußboden zu einer Holztreppe. Das Gebäude war zwar alt, aber sauber und gut gepflegt, registrierte Scully. Alles wirkte ruhig und ordentlich. Es war nicht annähernd so deprimierend oder krankenhausähnlich wie viele andere Heime, die sie gesehen hatte.

„Teenas Mutter ist vor zwei Jahren an Eierstockkrebs verstorben“, erklärte Ms. Wells, während sie sie die Treppe hinaufführte. „Andere Angehörige gibt es nicht. Wir werden Teena hierbehalten, bis wir sie bei einer Pflegefamilie unterbringen können.“

„Hat sie darüber gesprochen?“ fragte Mulder, während sie über den hell erleuchteten Flur gingen.

„Nein, kein Wort“, antwortete Ms. Wells.

„Hatte sie Alpträume?“ fragte Mulder.

„Nein. Zumindest weiß ich nichts davon.“ Ms. Wells blieb vor einer Tür am Ende des Flures stehen. Die Agenten spähten durch ein rundes Fenster, das oben in die Tür eingelassen war.

Teena saß auf dem Rand ihres metallgerahmten Bettes und hielt ein Plüschkaninchen. Sie hatte lange, feine braune Haare mit einem geraden Pony, weit auseinanderstehende blaue Augen und eine nach oben weisende Nase. Sie sah jünger aus, als Mulder erwartet hatte. Jung und schrecklich einsam.

„Dürfen wir jetzt mit ihr sprechen?“ fragte Scully.

„Ja, natürlich.“ Ms. Wells klopfte und öffnete dann die Tür.

Teena zeigte nicht die geringste Reaktion – weder auf das Geräusch der sich öffnenden Tür noch auf die drei Menschen, die das Zimmer betraten. Kein gutes Zeichen, dachte Scully. Das kleine Mädchen stand nach dem Tod seines Vaters vermutlich noch immer unter Schock.

„Teena“, sagte Ms. Wells und beugte sich zu dem Mädchen herab. „Dies sind die Leute, von denen ich dir erzählt habe. Das hier sind Ms. Scully und Mr. Mulder. Glaubst du, du kannst mit ihnen reden?“

Teena nickte, ihr Oberkörper beugte sich über das weiße Kaninchen. Sie schien nicht frühreif oder übermäßig schlagfertig zu sein. Auf Mulder wirkte sie wie ein gewöhnliches kleines Mädchen, das Dinge gesehen hatte, die kein Kind sehen sollte.

Als Mulder und Scully auf das Mädchen zugingen, verließ Ms. Wells das Zimmer und schloß die Tür hinter sich.

Scully setzte sich neben das Mädchen aufs Bett. Teenas Blick war nach unten gerichtet, als beobachte sie angestrengt etwas auf dem Fußboden.

„Hi, Teena“, begann Scully mit sanfter Stimme. „Ich

weiß, daß du jetzt bestimmt sehr traurig bist. Und daß du Angst hast. Aber wir wollen herausfinden, was passiert ist, damit wir dem, der deinem Vater das antgetan hat, verhaften können. Okay?“

Mulder setzte sich neben Scully. Teena schien beide zu ignorieren.

„Na gut“, fuhr Scully fort. „Hast du in letzter Zeit zu Hause irgendwelche fremden Leute gesehen?“

Teena sah Scully an und zuckte die Achseln, fast so, als hätte sie die Frage nicht verstanden.

Scully zögerte, sie war unsicher, ob sie zu Teena durchdrang oder ob ihre Fragen sie nur noch mehr aufregten. Sie beschloß, es noch einmal zu versuchen. „Hast du jemals gesehen, wie jemand deinen Daddy angeschrien hat oder wie dein Daddy jemanden angeschrien hat?“

„Keine Anung“, sagte Teena.

„Fällt dir vielleicht irgend jemand ein, der deinem Daddy weh tun wollte?“ hakte Scully nach.

Teena dachte einen Augenblick nach und antwortete dann: „Nein.“

Zum ersten Mal ergriff Mulder das Wort. „Das ist ein hübsches Kaninchen, Teena“, sagte er. Als ob sie Angst hätte, Mulder könnte es ihr wegnehmen, zog Teena das Kaninchen noch enger an sich. Das war zu erwarten, dachte Mulder. Schließlich waren ihr beide Eltern „weggenommen“ worden.

„Teena“, fuhr er fort, „können wir darüber reden,

was an diesem Tag geschehen ist ... was in eurem Garten passiert ist?“

Teena nickte.

„Ja?“ Mulder zögerte einen Moment, da er wußte, daß er sich auf dünnem Eis bewegte. Das Mädchen schien jetzt bereit, mit ihnen zu sprechen; er wollte nichts sagen, das ihr Furcht einflößen oder sie entmutigen könnte. Aber es gab eine Sache, die ihn neugierig machte.

„Kannst du dich an irgendwelche seltsamen Geräusche ... oder Lichter ... oder so etwas erinnern?“ fragte er mit leiser Stimme.

Teena senkte kurz den Blick, dann sah sie Mulder in die Augen. „Da waren rote Lichter ...“

„Kannst du mir mehr darüber erzählen?“

Teena dachte angestrengt nach. „Ich kann mich nicht erinnern. Es ... es wurde alles dunkel.“

„Hast du so etwas früher schon einmal gesehen?“ fragte Mulder. Er war bemüht, sich seine Erregung nicht anmerken zu lassen.

Das Mädchen nickte.

„Ja? Wann?“

„Die Männer aus den Wolken“, entgegnete Teena unmißverständlich. „Sie waren hinter meinem Dad her.“

Scully erschrak, als sie die Worte des Mädchens hörte, doch Mulder nickte nur. Er schien nichts anderes erwartet zu haben.

In diesem Augenblick klingelte Scullys Handy. Sie ging ans andere Ende des Zimmers, bevor sie antwortete. „Scully.“

Mulder hörte sie fragen: „Wo?“ Doch er wandte seine Aufmerksamkeit wieder dem Mädchen auf dem Bett zu. Er näherte sich der ersten heißen Spur in diesem Fall. Er konnte es fühlen.

„Warum waren diese Männer hinter deinem Dad her?“ fragte er Teena.

„Sie wollten ihn zur Ader lassen“, erwiderte sie sachlich.

Mulder riß die Augen auf, als das Mädchen diese Worte so beiläufig aussprach. Einige der vorherigen Antworten Teenas hatte er erwartet, aber nicht diese. *Wie in aller Welt kam eine Achtjährige dazu, solche Worte zu kennen?* fragte er sich.

Er bekam keine Gelegenheit mehr, es herauszufinden. Scully unterbrach ihn mit drängender Stimme. „Mulder.“

Mulder ging zu seiner Partnerin und fragte sich, was es wohl für ein Problem geben mochte.

Scully machte ein ernstes Gesicht und überbrachte ihm mit gedämpfter Stimme die Neuigkeit. „Man hat noch einen gefunden.“

4

Am nächsten Tag, kurz nach Mittag, rollten Mulder und Scully in einem Mietwagen über die Golden Gate Bridge bei San Francisco. Unter ihnen erstreckte sich dunkelblau das Wasser der Bucht, und vor ihnen lagen die sanft geschwungenen grünen Hügel von Marin County.

Als sie Marin erreicht hatten, steuerte Mulder auf die Route One zu, die schmale Straße, die sich durch die Redwood-Bäume oberhalb der windgegerbten Küstenlinie entlangschlängelt.

Scully warf einen Blick auf ihre Karte. „Wir sind in einer Erdbebengegend", sagte sie.

„Wenigstens verstehen wir die Ursachen von Erdbeben", erwiderte Mulder.

Diese Gegend war völlig anders als New England, dachte er. Nordkalifornien war bekannt für sein mildes Wetter, seine dramatisch schönen Landschaften und seine Offenheit für neue Ideen und Lebensstile. Sie waren dreitausend Meilen von Connecticut entfernt, und doch hatte das weiße Vorstadthaus, das ihr Ziel war, eine unheimliche Ähnlichkeit mit dem Haus der Simmons'.

Mulder überprüfe die Adresse auf seinem Notizblock und parkte den Wagen am Bordstein. Dann gingen er und Scully durch ein hölzernes Tor in den Garten hinter dem Haus. Der Rasen war sorgsam gepflegt; ein Vogelhäuschen, ein Grill, ein Schaukelgestell und eine kleine Rutschbahn.

Verblüfft betrachteten die beiden Agenten die Szenerie.

„Es ist, als würde man in einen Spiegel sehen", sagte Mulder leise.

Scully wollte sich nicht schon wieder von einer der unheimlichen Theorien ihres Partners einfangen lassen. *Solche Übereinstimmungen sind meistens rein zufällig*, rief sie sich in Erinnerung. Sie zog die Fallakte hervor, während sie auf die Schaukel zugingen. Sie war entschlossen, sich strikt an die Fakten zu halten.

„'Das Opfer, Doug Reardon, war verheiratet und hatte eine Tochter'", las sie laut vor. „'Todesursache war Hypovolämie.'" Selbst Scully vermochte diese Übereinstimmung nicht zu ignorieren. „Mulder, das ist unheimlich", gab sie zu. „Man hat auch bei ihm Spuren von Digitalis in seinem Restblut gefunden."

„Und die Einstichwunden?" fragte Mulder.

„Äh", Scully überflog den Bericht, „ja, an der Drosselvene", bestätigte sie. „Der Zeitpunkt des Todes wurde auf acht Uhr dreißig morgens geschätzt. Derselbe Tag, nur drei Stunden früher als der Mord an Simmons."

„Sie vergessen die Zeitverschiebung“, erinnerte sie Mulder. „Er starb genau zum selben Zeitpunkt.“

„Offenbar haben wir es mit zwei Serienmördern zu tun, die als Tandem arbeiten“, sagte Scully grimmig und klappte den Ordner zu.

„Nein“, widersprach Mulder, der im Garten umherging und nach etwas suchte, das die Polizei vielleicht übersehen hatte. „Serienmörder arbeiten selten paarweise“, sagte er. „Und wenn, dann töten sie nicht getrennt voneinander, sondern gemeinsam.“

„Mulder.“ Scully versuchte ihre Ungeduld zu verbergen, doch es mißlang ihr. „Außer Ihren suggestiven Fragen an Teena Simmons gibt es nichts, das Ihre UFO-Verstümmelungstheorie erhärten könnte.“

Wie üblich ließ sich Mulder durch die Argumente seiner Partnerin nicht beirren. „War Reardons Tochter hier, als er ermordet wurde?“ fragte er.

Scully schlug noch einmal in dem Bericht nach. „Ja. Der Polizeibericht vermerkt, daß sie sich an nichts erinnert. Hm, sie ist jetzt bei ihrer Mutter und ihrer Familie in Sacramento.“

„Wann kommen sie zurück?“ fragte Mulder.

„Morgen.“

Mulder sah seine Partnerin an. „Jede Wette“, prophezeite er, „daß sie sich an die ’roten Lichter’ erinnert.“

Donner grollte in den Wolken über Greenwich, und der Regen ergoß sich in Strömen über die Stadt. Die Uhr zeigte null Uhr fünfunddreißig, doch Teena Simmons konnte nicht schlafen. Sie lag im Bett – gekleidet in einen Flanellpyjama, die Arme um das Plüschkaninchen geschlungen, die Augen weit geöffnet.

Ein Blitz ließ es im Zimmer taghell werden, und die Achtjährige setzte sich im Bett auf. Sie hielt das Kaninchen fest an sich gedrückt, wie um ihr pochendes Herz zu beruhigen. Sie spürte etwas. Aber sie wußte nicht genau, was. Es kam näher. Sekunde um Sekunde. Und es wollte zu ihr.

Langsam schlug sie die Bettdecke auf und kletterte aus dem Bett; dabei hielt sie immer noch das Kaninchen im Arm. Auf leisen Sohlen schlich sie sich zur Tür. Sie spähte durch das Schlüsselloch. Auf dem Flur jenseits der Tür war es vollkommen dunkel. Dabei hatte Ms. Wells ihr gesagt, daß dort draußen immer ein Licht brennen würde.

Teenas Kehle schnürte sich zusammen. Ob das Gewitter einen Stromausfall bewirkt hatte?

Oder war etwas anderes die Ursache?

Für einen langen Augenblick stand Teena neben der Tür und lauschte.

Plötzlich drang ein gleißendes Licht durch den Spalt unter der Tür.

Teena spürte, wie alles in ihr vor Entsetzen erstarrte. Sie mußte etwas tun. Rasch.

Wieder flackerten Blitze, und in ihrem Licht durchsuchten ihre Augen rasch den Raum. Ihr Blick fiel auf den Holzstuhl neben dem Tisch. Vorsichtig, um kein Geräusch zu verursachen, nahm sie den Stuhl und lehnte ihn gegen die Tür, so daß die Rückenlehne die Tür versperrte.

Sie wußte, daß sie damit noch nicht in Sicherheit war vor dem, was da hinter ihr her war. Aber wenigstens hatte sie ein paar Sekunden Zeit gewonnen. Vielleicht würde das genügen.

Teena rannte zu den Glastüren, die auf die baufällige Holzterrasse führten. Blendendweiße Blitze leuchteten auf, als sie das Fenster erreichte. Das Gewitter draußen wurde immer heftiger. Ihr war klar, daß es gefährlich war, nach draußen zu gehen, aber sie hatte keine andere Wahl. Verzweifelt stemmte sie sich gegen den Metallriegel, mit dem die Glastüren verschlossen waren.

Er gab nicht nach. Keinen Zentimeter. Das Schloß hielt. Es gab keinen Weg nach draußen.

Und auf dem Flur drehte jemand an dem Knauf ihrer Zimmertür.

Teenas Augen weiteten sich vor Angst, als sie sah, wie die Tür sich einen Spaltbreit öffnete. Ein Strahl grellweißen Lichtes durchbohrte die Dunkelheit ihres Zimmers. Der Stuhl, den sie gegen die Tür gestemmt hatte, zitterte – doch er hielt.

Sie hörte einen unterdrückten Fluch von der anderen Seite der Tür. Dann begann der Stuhl heftiger zu zittern. Wer immer da vor der Tür stand, hämmerte jetzt dagegen und versuchte sie aufzubrechen.

Voller Panik sah sich Teena im Zimmer nach einem Versteck um.

Genau in dem Augenblick, als sie sich auf den Boden warf und unter das Bett rollte, sprang die Zimmertür auf. Der Stuhl fiel krachend zu Boden.

Verängstigt beobachtete Teena, wie der helle Lichtstrahl verschwand. Im Zimmer war es jetzt vollkommen dunkel und still.

Bis auf das leise Ächzen der Dielen.

Jemand war bei ihr – und kam langsam durch das Zimmer auf das Bett zu.

Donner zerriß die Wolken und der nächste Blitz erhellte das Zimmer für den Bruchteil einer Sekunde. Die Schritte kamen näher. Und näher.

Dann flammte der Lichtstrahl auf der anderen Seite des Bettes wieder auf. Immer noch mit ihrem geliebten Stoffkaninchen im Arm, krabbelte Teena auf der gegenüberliegenden Seite unter dem Bett hervor und rannte auf die offene Tür zu.

Doch gerade, als sie die Schwelle erreichte, wurde sie von kräftigen Händen gepackt und nach hinten gerissen.

Der Aufschrei des achtjährigen Mädchens ging in einem gewaltigen Donnerschlag unter. Niemand würde sie durch den Lärm des Gewitters hören.

Im Erdgeschoß des Heims hielt eine Nachtschwester in blütenweißer Tracht auf ihrem Rundgang inne und blickte auf. Was war das für ein Geräusch? Das Gewitter? Oder weinte da eines der Kinder?

Besorgt machte sich die Schwester auf den Weg nach oben. Sie schaute in die Zimmer einiger Kinder und fand sie fest schlafend.

Dann ging sie den Flur entlang, der zu Teenas Zimmer führte. Ihr Atem stockte, als sie sah, daß die Tür ein wenig offenstand. Blitze zuckten über den Fußboden.

Alarmiert rannte die Schwester auf Teenas Zimmer zu und stieß die Tür ganz auf.

„Teena?“ rief sie. „Teena?“

Doch sie erhielt keine Antwort.

Teenas Bett war leer. Ihr Schreibtischstuhl lag umgestürzt mitten im Zimmer. Die Glastüren, die auf den hölzernen Balkon führten, standen weit offen. Der Wind trieb den Regen ins Zimmer und durchnäßte das Stoffkaninchen, das verlassen auf dem Boden lag.

5

Scully und Mulder kehrten am folgenden Nachmittag zum Haus der Reardons in Marin County zurück. Über ihnen hing ein grauer Himmel, und die Luft war feucht und kühl. Als sie aus ihrem Mietwagen stiegen und auf das Haus zugingen, unterhielten sie sich nicht über den Mord an Reardon, sondern über Teena Simmons' Entführung.

„Teena wurde gestern abend gegen elf aus dem Waisenhaus entführt", informierte Scully Mulder. Sie hatte den Anruf gerade eben auf ihrem Handy entgegengenommen. „Offenbar hat jemand befürchtet, sie könnte sich an zuviel erinnern."

„Jemand . . . oder *etwas*, Scully."

Das war genau der Grund, überlegte Scully, warum die anderen Agenten Mulder „Spooky" nannten. Auf seiner Liste der Verdächtigen standen Wesen aus dem bekannten gleichberechtigt neben solchen aus dem *unbekannten* Universum. Scully dagegen blieb lieber bei den Fakten.

„Die Staatspolizei von Connecticut hatte innerhalb einer halben Stunde nach ihrem Verschwinden Straßensperren errichtet", erklärte sie. „Ohne Erfolg."

„Vielleicht haben sie nicht in die richtige Richtung geschaut", sagte Mulder lächelnd und nickte zum Himmel hinauf. Manchmal konnte er der Versuchung, Scully zu necken, einfach nicht widerstehen; sie nahm immer alles so ernst.

Scully seufzte, während Mulder den metallenen Türklopfer ergriff und rhythmisch gegen die Haustür der Reardons klopfte. Glaubte er wirklich, daß dieser Fall das Werk von Außerirdischen war? Scully hielt diese Theorie für höchst unwahrscheinlich. Es war ein ungewöhnlicher Doppelmord, das gab sie bereitwillig zu. Aber etwas Übernatürliches war für sie an keinem der beiden Todesfälle zu entdecken.

Von der anderen Seite der Tür hörte Scully Schritte. Offenkundig war dies nicht der richtige Zeitpunkt, um mit ihrem Partner zu streiten. Ohne auf seine letzte Bemerkung einzugehen, beendete sie das Gespräch. „Ich habe die Polizei in Connecticut gebeten, uns zu benachrichtigen, falls man sie findet."

Die Tür ging auf, und Scully und Mulder rissen erstaunt die Augen auf.

Im Eingang stand ein Mädchen von etwa acht Jahren. Sie trug ein buntgestreiftes Polohemd und Jeans. Und sie kam ihnen unheimlich vertraut vor. Lange braune Haare, gerader Pony, weit auseinanderstehende, blaue Augen und eine kleine, nach oben weisende Nase. Sie war das genaue Ebenbild von Teena Simmons.

„Teena?" fragte Scully ungläubig.

„Nein", sagte das Mädchen.

„Wie ist dein Name?“ fragte Scully.

„Cindy Reardon.“

„Wohnst du hier, Cindy?“ fragte Mulder.

„Schon seit acht Jahren. Seit meiner Geburt“, verkündete das Mädchen arglos.

Zwanzig Minuten später jagten in dem gemütlichen Wohnzimmer der Reardons Cartoon-Figuren einander über die Mattscheibe. Cindy saß vor dem Fernseher auf dem Boden und machte ein gelangweiltes Gesicht.

Mulder und Scully standen daneben, als Cindy die Fernbedienung vom Sofa nahm und auf einen Nachrichtensender umschaltete. Offenbar durchaus zufrieden damit, zu sehen, wie der Präsident dem Kongreß eine neue Gesetzesvorlage vorstellte, lehnte sich das Mädchen zurück.

Mulder beobachtete die Szene interessiert. Cindy Reardon war die erste Achtjährige mit einem Interesse an Außenpolitik, der er je begegnet war.

Er sah sich im Haus um und prägte sich Einzelheiten ein. Wenn er das Heim der Reardons mit einem Wort hätte beschreiben sollen, hätte er das Wort „behaglich“ gewählt. Von der Decke hingen getrocknete Kräuter herab, und die Küchenwände waren mit einer bunten, geblümten Tapete bedeckt. Über der Treppe zum Obergeschoß hing ein großer, farbenfroher handgemachter Wandteppich. Alle Farben im Haus waren warm und einladend, die Möbel bequem.

Es war offensichtlich, daß hier eine glückliche Familie wohnte.

Ellen Reardon nahm drei Becher aus einem der Küchenschränke und stellte sie auf den Tresen. Mit methodischen Bewegungen bereitete sie eine Kanne Tee zu. Sie war eine Frau in mittleren Jahren, mit glatten, schulterlangen rötlichen Haaren und aufmerksamen intelligenten Augen. Ihr Gesicht war schmal, hart, alt vor Erschöpfung. Es war ein Ausdruck, den Mulder schon zu oft gesehen hatte, der Ausdruck eines trauernden Menschen. Es war erst wenige Tage her, daß ihr Mann ums Leben gekommen war.

„Cindy ist wirklich ein hübsches Mädchen“, sagte Mulder, während sie ihm einen dampfenden Becher hinschob.

„Doug und ich wollten sie verwöhnen“, sagte Mrs. Reardon wehmütig. „Wir wollten sie vor allem Schrecklichen in der Welt bewahren.“ Mrs. Reardon fing an zu weinen und stieß ihre nächsten Worte mühsam hervor. „Er hat Cindy über alles geliebt.“

„Ist sie Ihr einziges Kind?“ fragte Mulder.

Mrs. Reardon nickte und sah zu einem Foto auf dem Kaminsims, das Cindy gemeinsam mit ihrem Vater zeigte.

Scully erkannte, worauf ihr Partner hinauswollte. Sie räusperte sich und sagte: „Darf ich fragen, ob Cindy adoptiert wurde?“

„Nein“, sagte Mrs. Reardon und machte ein etwas

beleidigtes Gesicht. „Ich habe sie zur Welt gebracht. Im San Rafael General Hospital."

Scully wußte, daß ihre nächsten Fragen die Frau verärgern würden, aber sie wußte auch, daß sie sie stellen mußte. Die Ähnlichkeit zwischen den Mädchen war zu stark, um darüber hinwegzugehen. Sie *mußten* Zwillinge sein. „Dann nehme ich an", fuhr Scully fort, „daß Sie auch alle entsprechenden Dokumente haben. Die Geburtsurkunden . . ."

„Natürlich habe ich die", unterbrach sie Mrs. Reardon. Es war offensichtlich, daß sie sich auf Scullys Fragen keinen Reim zu machen wußte.

„War sie das einzige Kind, das bei dieser Geburt auf die Welt kam?" fragte Mulder.

Schockiert wandte sich Ellen Reardon ihm zu. „Was soll das denn für eine Frage sein? Hören Sie, ich habe der Polizei alles gesagt, was ich weiß . . ."

Mulder zog das Foto aus seiner Tasche und reichte es Cindys Mutter. „Mrs. Reardon, haben Sie diesen Mann schon einmal gesehen?"

Mrs. Reardon betrachtete verdutzt das Foto. Es zeigte ihre Tochter in einem merkwürdigen lila Anorak, wie sie auf den Schultern eines Mannes thronte, den sie noch nie zuvor gesehen hatte. Erschrocken sah sie die Agenten an.

„Ist dieser Mann . . . Ihr Verdächtiger? Hat er . . . Cindy irgend etwas . . . getan?"

Scully trat auf die Frau zu, um sie zu beruhigen.

„Nein“, sagte sie bestimmt. Sie deutete auf das Mädchen auf dem Foto. „Mrs. Reardon, das hier ist nicht Ihre Tochter.“

„Ich – ich verstehe nicht . . .“ Mrs. Reardon schüttelte den Kopf, unfähig, zu glauben, was sie sah, voller Angst vor dem, was es bedeuten mochte.

„Der Name dieses Mädchens ist Teena Simmons“, fuhr Scully fort.

Nur ein paar Meter von ihnen entfernt starrte Cindy auf den Fernsehbildschirm. Aber in Wirklichkeit schenkte sie der Sendung nicht viel Aufmerksamkeit. Obwohl sie den Agenten und ihrer Mutter den Rücken zugekehrt hatte, lauschte sie gebannt jedem ihrer Worte.

„Dieses Mädchen – Teena Simmons – wohnt dreitausend Meilen von hier, in Greenwich, Connecticut“, erklärte Scully. „Und dieser Mann, ihr Vater, wurde auf dieselbe Art umgebracht wie Ihr Mann.“

„Cindy ist *meine* Tochter“, sagte Mrs. Reardon, als wäre das die einzige Sache der Welt, deren sie sich noch sicher war. „Ich kann Ihnen Videoaufnahmen von ihrer Geburt zeigen . . . wir haben sechs Jahre lang versucht, ein Kind zu bekommen . . .“

Mulder unterbrach sie. Sein Interesse war angestachelt. „Haben Sie sich künstlich befruchten lassen?“

Sie nickte.

Das gab dem Fall eine neue, faszinierende Dimension, dachte Mulder. Und vielleicht lag hier ein erster

Ansatz, zu erklären, wieso Teena und Cindy einander so ähnlich sahen. Normalerweise befruchtet das Spermium des Vaters das Ei der Mutter in ihrer Gebärmutter. Künstliche Befruchtung, In-vitro-Fertilisation, bedeutete, daß Mrs. Reardons Ei mit Hilfe wissenschaftlich-technischer Mittel außerhalb ihres Körpers befruchtet und dann wieder in ihre Gebärmutter eingepflanzt worden war.

„In welcher Klinik?“ fragte Mulder.

„Im Luther Stapes Center in San Francisco.“

Scully prägte sich die Antwort genau ein.

Das gleiche tat auch Cindy.

6

Scullys Gedanken überschlugen sich, als sie Mulder aus dem Haus der Reardons folgte. Ihr war, als hätte sie eine Handvoll Puzzlesteine in der Hand – und sie hatte keine Ahnung, wo die fehlenden Teile waren oder was für ein Bild sich ergeben würde, wenn sie sie zusammenfügte.

Ein Teil jedoch schien überhaupt nicht zu passen.

„Glauben Sie immer noch, daß das hier etwas mit UFOs zu tun hat?“ fragte sie Mulder, während sie auf ihren Mietwagen zugingen. „Cindy Reardon hat jedenfalls keine ’roten Lichter’ gesehen“, erinnerte sie ihn.

„Ich weiß nicht“, räumte Mulder ein. „Abgesehen von ihrem Aussehen scheinen diese beiden Mädchen nicht viel gemeinsam zu haben.“

„Nun, es kommt vor, daß zwei Menschen einander sehr ähnlich sind, ohne verwandt zu sein“, sagte Scully.

„Und es kommt auch vor, daß deren Väter zur Ader gelassen werden?“ fragte Mulder skeptisch. „Darauf würde ich gerne mal in Las Vegas wetten.“

Scully wußte, daß er damit nicht unrecht hatte, aber sie hatte nicht vor, Mulder die Genugtuung zu verschaffen, das auch auszusprechen.

„Sie müssen sich doch im Medizinstudium auch mit

Genetik befaßt haben“, sagte Mulder, als sie in den Wagen stiegen. „Wie erklären Sie es sich, daß zwei anscheinend identische Kinder unterschiedliche Eltern haben?“

„Das kommt bestimmt nicht oft vor“, räumte Scully aufrichtig ein. Sie dachte über die Frage nach und versuchte sich ein Szenario auszumalen, das dieses Zusammentreffen erklären könnte. Die Genetik, die Wissenschaft von der Vererbung, war ein äußerst komplexes Gebiet.

„Genetik war nicht mein Spezialgebiet“, gab sie zu, „aber an die Grundlagen erinnere ich mich noch. Die Merkmale, die wir von unseren Eltern erben, werden auf mikroskopischer Ebene innerhalb der Zellen unseres Körpers bestimmt. Die Chromosomen, in denen diese genetische Information enthalten ist, bestehen aus einer Substanz namens DNS. Jeder Mensch hat sechsundvierzig Chromosomen, bestehend aus dreiundzwanzig Paaren. Die eine Hälfte jedes Paars stammt vom Vater, die andere von der Mutter. Den vollen Satz von sechsundvierzig Chromosomen bekommen Sie, wenn das Spermium des Vaters das Ei der Mutter befruchtet. Jedes ererbte Merkmal wird durch das Zusammenwirken eines Gens von der Mutter durch eines vom Vater bestimmt. Darum ist jeder Mensch einzigartig. Keine zwei Menschen sind gleich – außer Zwillingen, und selbst die sind nur dann identisch, wenn sie aus ein und demselben Ei stammen.“

Mulder lenkte den Wagen von der Bordsteinkante weg. „Das bedeutet, daß Cindy und Teena, die zwei völlig unterschiedliche Elternpaare hatten, auch zwei ganz verschiedene Chromosomensätze haben müßten – und demnach auch ganz verschiedene Merkmale."

„Genau", sagte Scully. „Die Übereinstimmungen ergeben keinen Sinn. Zumindest nicht auf der Basis der Informationen, die wir bisher haben."

„Und bisher erklärt auch nichts die anderen Übereinstimmungen – die Tatorte, die Art, wie ihre Väter..." Mulder unterbrach sich, um in den Rückspiegel zu schauen. Er schaute noch einmal hinein und sah nur eine ruhige Vorstadtstraße. Nichts deutete darauf hin, daß dort erst vor wenigen Tagen ein Mann ermordet worden war.

„Diese Mädchen sind das einzige Verbindungsglied zwischen zwei identischen Morden", sagte Scully beklommen.

Mulder bog um eine Ecke. Das Haus der Reardons war jetzt außer Sicht.

„Und eines der Mädchen wurde gerade entführt", erinnerte er Scully.

„Gekidnappt", korrigierte sie ihn.

„*You say po-tae-to, I say po-ta-to . . .*" sang Mulder leise, um sie mit dem alten Lied aufzuziehen.

Etwa einen Häuserblock vom Haus der Reardons entfernt fuhr er rechts ran und parkte den Wagen.

„Was haben Sie vor?" fragte Scully verdutzt.

„Wenn die Morde von derselben Person oder denselben Personen begangen wurden und es ein Teil des Musters ist, daß die Tochter gekidnappt wird . . .“

„... dann ist zu erwarten, daß sich das Muster wiederholt“, beendete Scully seinen Gedankengang.

Mulder nickte. „Ich werde das Mädchen im Auge behalten. Überprüfen Sie die Klinik! Finden Sie heraus, ob die Simmons an demselben Befruchtungsprogramm teilgenommen haben!“

„Okay“, nickte Scully. „Ich rufe das Büro in San Francisco an und fordere Verstärkung an, um Sie abzulösen.“

Mulder stieg aus dem Wagen. Sorgfältig wählte er eine Position, von der aus er das Haus der Reardons beobachten konnte. Er richtete sich auf seinem Posten ein, während Scully sich auf den Weg nach San Francisco machte.

Wer wird kommen, um Cindy Reardon zu holen? fragte er sich. *Und was wollen sie von ihr?*

7

Scully fuhr über die Golden Gate Bridge zurück und manövrierte sich dann geduldig durch San Franciscos lebhaften Werktagsverkehr. Ihre Augen weiteten sich, als ihr Wagen eine Straße erklomm, die beinahe senkrecht bergauf führte. Ein paar Sekunden lang fragte sie sich, ob der Mietwagen die Steigung schaffen würde. Sie atmete erleichtert auf, als sie die Kuppe erreichte, dann rollte sie auf der anderen Seite wieder hinunter; vorbei an eleganten alten viktorianischen Häusern, näherte sie sich dem Geschäftsviertel. Keine Stadt war wie San Francisco, dachte sie. Schön, aufregend, unberechenbar – und ein natürlicher Magnet für manche der merkwürdigsten Vorfälle der amerikanischen Geschichte.

Kurz hinter der TransAmerica-Pyramide fand Scully, was sie suchte: Ein Bürogebäude, das durch ein Schild als „Luther Stapes Center für Fortpflanzungsmedizin" ausgewiesen war.

Scully hatte vorher angerufen und einen Termin mit einem Dr. M. Bennett vereinbart, dem Direktor des Stapes Center. Dennoch war sie überrascht, als sie dem Sicherheitsbeamten im Foyer ihren Namen nannte und Dr. Bennett persönlich herunterkam, um sie durch die Klinik zu eskortieren.

Bennett war ein hochgewachsener, distinguiert aussehender Mann mit grauem Haar und grauem Schnurrbart. Obwohl er schon Anfang Sechzig zu sein schien, legte er ein flottes Tempo vor, als er Scully durch eine Serie blitzsauberer Korridore zu seinem Büro führte. Scully musterte ihn aufmerksam und verglich ihn mit den Ärzten, mit denen sie während ihrer eigenen medizinischen Ausbildung zusammengearbeitet hatte. *Keine unmittelbaren Warnsignale*, resümierte sie. Alles an dem Mann strahlte Verantwortungsbewußtsein, Effizienz und Kompetenz aus.

„Die In-vitro-Fertilisation ist ein Verfahren, bei dem wir mit dem Rohmaterial eines Paares – Ei und Spermium – eine Befruchtung durchführen und dann den Embryo in den Uterus einpflanzen“, erklärte Bennett. „Damit ist schon vielen Paaren geholfen worden, die ohne Hilfe keine Kinder bekommen konnten.“

Scully verriet ihm nicht, daß sie selbst Ärztin war und das alles schon wußte. Sie wollte Bennett Gelegenheit zum Reden geben und sehen, was er ihr mitteilen würde.

„Halten Sie es für denkbar, daß einer Patientin ohne ihr Wissen nicht ihre eigene Eizelle eingepflanzt wurde?“ fragte Scully.

„Nicht hier“, versicherte ihr Dr. Bennett. „Wir haben sehr strenge Kontrollen.“

„Erinnern Sie sich, jemals ein Paar namens Claudia und Joe Simmons als Patienten gehabt zu haben?“

„Jede Information über unsere Patienten wird vertraulich behandelt“, erwiderte Bennett mit einem Anflug von Schärfe. „Das ist bei uns Vorschrift.“

Das war genau die Antwort, die ein guter Arzt geben mußte, dachte Scully. Alle Ärzte waren verpflichtet, das Recht ihrer Patienten auf Privatsphäre zu schützen. Doch es gab Umstände, die schwerer wogen als dieses Recht.

„Beide Simmons sind tot, und ihre Tochter wurde gekidnappt“, berichtete Scully. „Ich würde sagen, daß jeder Hinweis, den Sie uns geben können, wichtiger ist als Ihre Vorschriften.“

Mit einem kurzen Nicken deutete Dr. Bennett seine Bereitschaft zur Kooperation an.

Scully folgte dem Kliniksleiter in ein geräumiges Büro mit Blick auf die Bucht. *Das Stapes Center muß sehr erfolgreich sein*, dachte Scully. An der Wand hinter Bennetts Schreibtisch hing ein offenkundig teures Ölgemälde, und das Büro war sparsam, aber geschmackvoll mit bequemen Ledersesseln, einem schönen Eichenschreibtisch und jener Art von großen, exotischen Pflanzen dekoriert, zu deren Pflege es eines speziellen Gärtners bedurfte. Noch beeindruckender waren die riesigen Fenster, von denen aus man die Bucht überblickte. San Francisco hatte mit die teuersten Immobilien der Welt, wußte Scully. Hier konnte sich niemand solche Büros leisten, wenn er nicht ein äußerst gewinnbringendes Geschäft hatte.

Bennett sprach durch die Gegensprechanlage mit seiner Sekretärin. Augenblicke später überreichte er Scully einen braunen Umschlag mit einem roten Etikett, das die Aufschrift „Simmons, C. & J.“ trug.

Scully öffnete den Umschlag und studierte die Akte, wobei ihr nicht entging, daß Dr. Bennett sie sorgenvoll beobachtete.

„Sie haben 1991 Kopien der Unterlagen nach Greenwich, Connecticut, geschickt . . .“ bemerkte sie. Sie las weiter, immer auf der Suche nach irgendeinem Bindeglied zwischen Teena Simmons und Cindy Reardon. „Die Simmons kamen vor neun Jahren hierher und wurden von Dr. Sally Kendrick betreut.“

Als der Name Kendrick fiel, senkte Dr. Bennett den Kopf. Wie um eine unangenehme Erinnerung zu verdrängen, schloß er die Augen.

„Gibt es da ein Problem?“ fragte Scully, als sie seine Reaktion bemerkte.

„Dr. Kendrick war selbst ein Problem“, erwiderte Bennett. „Ich habe etwas, das ich Ihnen zeigen sollte.“ Er stand auf und ging hinüber zu dem Fernseher, der in seinem Büro stand.

Das Videoband begann mit sehr modern wirkenden Grafiken und dem Titel „Ein Ausbildungsvideo für das Luther Stapes Center für Fortpflanzungsmedizin“. Dem folgte ein weiterer Titel in noch größeren Lettern, der als Thema des Films „In-vitro-Fertilisation“ ankündigte.

Die Grafik wurde ausgeblendet, und eine hochgewachsene, attraktive Frau von Anfang Vierzig erschien, die einen weißen Arztkittel über ihrem wollenen Tweedrock trug. Dunkle, glatte, auf Kinnlänge geschnittene Haare umrahmten ein länglich-ovales Gesicht mit tiefen Linien an den Mundwinkeln. „Hallo und willkommen im Luther Stapes Center für Fortpflanzungsmedizin“, begann die Frau in freundlichem Ton. „Ich bin Dr. Sally Kendrick, Spezialistin für das faszinierende Gebiet der In-vitro-Fertilisation . . .“

Dr. Bennett stellte das Video auf Pause und sah Scully an. „Sie war 1985 hier als Ärztin angestellt“, erklärte er. „Eine brillante Wissenschaftlerin. Die beste ihres Jahrgangs an der medizinischen Fakultät in Yale, wo sie ihren Doktortitel durch eine Dissertation über Biogenetik erwarb. Wir waren begeistert, sie zu bekommen.“

Bennett ging zurück zu seinem Schreibtisch und ließ sich schwer in den Sessel fallen.

„Aber jetzt klingen Sie nicht mehr so begeistert“, bemerkte Scully.

„Wir haben Anlaß zu der Vermutung, daß Dr. Kendrick vor den Einpflanzungen an dem genetischen Material der befruchteten Eier im Labor Veränderungen vornahm, daß sie Experimente anstellte, um die Eugenik zu erforschen – die Verbesserung des Erbmaterials durch genetische Kontrolle.“

„Haben Sie das der Amerikanischen Ärztekammer

gemeldet?“ fragte Scully, die wußte, was für ein schwerer Vorwurf das war.

„Natürlich“, erwiderte Dr. Bennett. „Und ich habe sie entlassen. Außerdem habe ich eine Untersuchung durch das US-Gesundheitsministerium beantragt.“

„Und was ist geschehen?“

„Die Ärztekammer erteilte ihr einen Verweis, aber mein Antrag auf eine Untersuchung wurde abgelehnt. Was Dr. Kendrick betrifft ... sie ist seitdem verschwunden.“

Bennett drückte auf die Play-Taste der Fernbedienung, und Sally Kendrick, die nun hinter ihrem Schreibtisch saß, fuhr mit ihrer Ansprache fort.

„Wir vom Stapes Center verstehen die Not der Unfruchtbarkeit, und wir möchten helfen. In der nächsten halben Stunde möchte ich Ihnen einen Überblick über das IVF-Programm geben, vom ersten Beratungsgespräch bis zur Befruchtung. Sie werden auch einige Patientinnen kennenlernen, die den Prozeß durchlaufen und ein gesundes Baby auf die Welt gebracht haben ...“

Scully starrte wie gebannt auf das Video. Die Information über In-vitro-Fertilisation war nichts Neues für sie. Doch Sally Kendrick faszinierte sie. Dr. Kendrick war eine gewandte Rednerin, die komplizierte wissenschaftliche Gedankengänge in eine leicht verständliche Sprache übertragen konnte. Außerdem wirkte sie warmherzig und charmant, wie eine Ärztin, der jeder sofort vertraute.

Doch Scully bemerkte etwas an ihr, das ihr schon früher, bei anderen Fällen aufgefallen war. Obwohl Dr. Kendricks Stimme genau den richtigen Tonfall und ihr Gesicht genau den richtigen Ausdruck hatte, war etwas an ihr, das Scully heimlich „das Fieber“ nannte; keine erhöhte Körpertemperatur, sondern ein fiebriges Glänzen, das ihr oft in den Augen von Menschen aufgefallen war, die unter Hochdruck standen. Für die Außenwelt mochten sie vollkommen normal und sogar höchst erfolgreich erscheinen, doch innerlich schwankten sie am Rande eines schweren emotionalen Zusammenbruchs. Scully konzentrierte sich auf Kendrick, während diese auf dem Bildschirm weitersprach. Nein, sie bildete es sich nicht bloß ein. Es war definitiv da. Dr. Kendrick hatte diesen Blick in den Augen, dachte Scully, genau denselben Blick, den sie immer wieder in den Augen von Leuten gesehen hatte, die töteten.

8

Am Abend führte Scully Mulder in einem Motelzimmer in San Francisco das Video vor, das Dr. Bennett ihr am Nachmittag gezeigt hatte. Mulder sah aufmerksam zu, während sich Sally Kendricks Bild in seinen Brillengläsern spiegelte.

„Dr. Kendrick war sowohl bei Mrs. Simmons als auch bei Mrs. Reardon die verantwortliche Ärztin bei der künstlichen Befruchtung", erklärte Scully. „Offenbar hat sie in der Klinik Experimente angestellt. Bennett glaubt, daß sie sich an den Eizellen der Frauen zu schaffen machte, die in die Klinik kamen, um sich helfen zu lassen – daß sie möglicherweise versuchte, die genetische Information ihrer DNS zu verändern."

„Und jetzt versucht sie vielleicht, ihre Spuren zu verwischen", spekulierte Mulder.

Auf dem Fernsehschirm beendete Sally Kendrick ihre Präsentation lächelnd und mit aufmunterndem Tonfall: „Ich wünschte, wir könnten in jedem Fall den Erfolg garantieren, aber mit unseren wissenschaftlichen Fortschritten, ein wenig Glück und einer Menge Hoffnung *können* Wunder geschehen."

Mulder schaltete den Videorecorder aus und starrte auf den leeren Schirm, als hätte es ihm die Sprache verschlagen. Scully wußte, daß er genau wie sie den sonderbaren Ausdruck in Sally Kendricks Augen bemerkt hatte.

„Sie müßte einen Komplizen gehabt haben, um beide Morde gleichzeitig begehen zu können", sagte Scully.

„Dann glauben Sie also, dies sei so eine Art Vendetta, die sie und ein Kollege gegen das Stapes Center führen?" überlegte Mulder.

Das Telefon klingelte, und Scully stand auf, um abzunehmen. „Mulder", sagte sie, bevor sie den Hörer ergriff, „heißt das etwa, daß Sie Ihre UFO-Theorie endlich aufgegeben haben?" Das Telefon klingelte wieder. Diesmal nahm Scully ab. „Hallo", sagte sie. „Hallo . . ."

Am anderen Ende der Leitung hängte jemand ein.

Scully legte den Hörer auf die Gabel und zuckte die Achseln. „Hat gleich wieder aufgelegt; muß sich wohl verwählt haben."

Mulder stand auf, nahm seine Brille ab und rieb sich den Nasenrücken. „Ich sage Ihnen was. Ich werde darüber schlafen, und wir reden morgen darüber." Er schickte sich an, sie zur Tür zu begleiten.

„Mulder, Sie werfen mich ja aus Ihrem Zimmer", protestierte Scully verwirrt. Eben noch hatte er über den Fall sprechen wollen, und nun bestand er offenbar darauf, daß sie ging.

„Nein, das würde mir nicht einfallen", beharrte Mulder, legte ihr die Hand auf die Schulter und schob sie zur Tür.

Scully frotzelte: „Erwarten Sie vielleicht Damenbesuch?“

„Wo denken Sie hin?“ entgegnete Mulder im gleichen Tonfall. „Ich möchte mir einen Film im Fernsehen anschauen. Schlafen Sie gut. Wir sehen uns morgen früh.“

Er schloß die Tür und warf einen Blick auf das Telefon. Als er hörte, wie Scullys Tür ein paar Zimmer weiter ins Schloß fiel, zog er eine Jacke über und huschte leise nach draußen . . .

Es war fast Mitternacht, und im Bootshafen herrschte Stille. Sanft schlugen die Boote gegen die Anleger. Die roten und weißen Lichter, die sich am Hafendamm entlangzogen, spiegelten sich im dunklen Wasser der Bucht.

Mulder trat wachsam hinter einem der Bootshäuser hervor. Er sah sich um und versuchte die Schatten zu durchdringen. Sein Körper spannte sich, als er eine Bewegung wahrnahm – und entspannte sich wieder, als er erkannte, daß er nur eine Katze aufgescheucht hatte. Langsam, wie ein abendlicher Spaziergänger, schlenderte er auf das Wasser zu.

Dann hörte er von irgendwo aus der Dunkelheit eine vertraute Stimme. „Sind Sie sicher, daß sie Ihnen nicht gefolgt ist?“

Mulder bewegte sich auf die Stimme zu und nickte. „Was machen Sie denn hier?“ fragte er.

Deep Throat trat aus dem Schatten einiger Bäume ins Dämmerlicht. Er war ein Mann in den Fünfzigern mit zurückweichendem Haaransatz und tiefen Schatten unter den Augen. „Ich dachte, wir könnten uns ein Spiel der 'Warriors' ansehen."

Mulder grinste über den Scherz – und über die Vorstellung, sich mit seinem mysteriösen Informanten ein Basketballspiel anzusehen –, aber gleichzeitig fragte er sich, ob Deep Throat ihn davor warnen wollte, den Fall weiter zu verfolgen. Mehr als einmal hatte Deep Throat Mulder darauf aufmerksam gemacht, daß er sich in Bereiche begab, die besser unangetastet blieben. Und er hatte jedesmal recht gehabt.

Mulder hatte nie herausgefunden, wer Deep Throat eigentlich war und woher er seine Informationen bezog. Deep Throat hatte angedeutet, er habe einmal für die CIA gearbeitet und gehöre nun zu einer Organisation, die für „abscheuliche Verbrechen gegen die Menschheit" verantwortlich sei. Manchmal dachte Mulder, Deep Throat könnte ihn und Scully dazu benutzen, die Leute zu Fall zu bringen, für die er arbeitete – wer immer sie waren. Doch mit Sicherheit wußte er nur, daß der Mann Zugang zu einigen der geheimsten Dokumente der amerikanischen Regierung hatte. Und aus Gründen, die Deep Throat niemals offenbarte, gewährte er Mulder gelegentlich Einblick in diese Geheimnisse.

„Eigentlich", sagte Deep Throat jetzt, „war ich . . .

sowieso gerade in der Gegend, und da habe ich mich gefragt, ob ich Ihnen schon einmal von den 'Litchfield-Experimenten' erzählt habe."

Mulder schälte sich einen Sonnenblumenkern und spielte mit, da er wußte, daß es am besten war, Deep Throat nicht zu viele direkte Fragen zu stellen. „Hm ... nein, haben Sie nicht."

„Nun, das war ein überaus ... interessantes Projekt", fuhr Deep Throat fort. „Höchste Geheimhaltungsstufe. Und alle Aufzeichnungen wurden damals vernichtet. Und diejenigen, die davon wußten, werden jede Kenntnis von seiner Existenz leugnen."

Mulder hörte mit einer Mischung aus Faszination und Argwohn zu. Deep Throat hatte ihm schon unzählige Male geholfen, aber er hatte ihn auch schon einmal angelogen. Es lohnte sich, ihm zuzuhören, aber er war niemand, dem Mulder jemals wirklich vertrauen würde.

„Anfang der fünfziger Jahre", sagte Deep Throat, „auf dem Höhepunkt des Kalten Krieges, bekamen wir Wind davon, daß die Russen mit Eugenik herumstümperten, der Erforschung der Verbesserung der menschlichen Genetik durch die Wissenschaft. Auf ziemlich primitive Weise, möchte ich hinzufügen ... sie versuchten, ihre besten Wissenschaftler mit den besten Athleten zu kreuzen, um auf diese Weise den unbesiegbaren Soldaten zu züchten." Er machte eine Pause und setzte dann trocken hinzu: „Natürlich sprangen wir auch auf den Zug auf ..."

Mulder erkannte die Verbindung zu seinem Fall sofort. „Das Litchfield-Projekt . . .“

Deep Throat nickte. „Eine Anzahl genetisch konstruierter Kinder wurde auf einem Gelände in Litchfield aufgezogen und unter Beobachtung gehalten. Die Jungen wurden Adam genannt, und die Mädchen Eve.“

„Rührend“, bemerkte Mulder. Er rechnete rasch im Kopf aus, daß diese Kinder nun in ihren Vierzigern sein mußten.

„Sie wurden numeriert, um sie voneinander zu unterscheiden“, erklärte Deep Throat weiter.

Was bedeutete, vermutete Mulder, daß die Kinder einander sehr ähnlich waren. Es war sogar möglich, daß alle Mädchen genetisch völlig identisch waren – und die Jungen ebenso. „Und was ist aus den Adams und Eves geworden?“ fragte Mulder.

Deep Throat schürzte die Lippen und straffte sich. „Es gibt eine Frau, die Sie aufsuchen sollten. Ich werde dafür sorgen, daß Sie da hineinkommen.“

„Wo hinein?“

„In einen winzigen Verschlag im Keller des Whiting-Instituts.“

„Wer ist sie?“

„Eve 6“, antwortete Deep Throat und verschwand wieder in den Schatten.

9

Spät am nächsten Nachmittag erreichten Mulder und Scully die kleine Stadt Litchfield in Kalifornien. Wie sie herausfanden, lag Litchfield fast vierhundert Meilen nordöstlich von San Francisco, so abgelegen, daß es in der Nähe keinen Flughafen gab. Sie verbrachten den ganzen Tag im Wagen und befanden sich nun fast an der Grenze zu Nevada.

„Was wissen Sie über Eugenik, Scully?“ fragte Mulder.

Scully, die am Steuer saß, wandte ihren Blick nicht von der Straße ab. „Eines der Themen, die in den Kursen über Ethik der Medizin immer zu großen Debatten geführt haben“, erwiderte sie. „Wir sind heute in der Lage, an dem menschlichen genetischen Muster einige Veränderungen vorzunehmen. Die Frage ist, dürfen wir das?“

„Und?“ hakte Mulder nach.

Scully seufzte, als die Straße eine Biegung machte und die hohe Ziegelsteinmauer in Sicht kam, die das Whiting-Institut umgab,.

„Aus wissenschaftlicher Sicht ist die Eugenik äußerst faszinierend“, sagte sie. „Zum Beispiel gibt es erbliche Krankheiten wie die Mukoviszidose, die unheilbar und immer tödlich sind. Durch Gentherapie könnten wir in der Lage sein, die DNS zu verändern und diese Krankheit völlig auszulöschen."

„Aber?" drängte Mulder, der eine unausgesprochene Einschränkung aus ihrer Stimme heraushörte.

„Aber es besteht immer die Gefahr, daß derartige genetische Manipulationen für politische oder gesellschaftliche Ziele eingesetzt werden", sagte Scully. „Im neunzehnten Jahrhundert gründete ein Mann namens Francis Galton eine Eugenik-Bewegung, deren Ziel die kontrollierte Verbesserung der menschlichen Rasse durch selektive Zucht war. Galton war überzeugt davon, daß Genialität angeboren und das Ergebnis überlegener Erbanlagen sei. Also versuchte er, Menschen 'mit den besten Eigenschaften' dazu zu motivieren, sich miteinander zu paaren."

„Klingt wie das, was die Russen in den Fünfzigern versucht haben", sagte Mulder.

„Weder Galton noch die Russen verstanden genug von Genetik, um Erfolg zu haben", entgegnete Scully. „Aber in den zwanziger Jahren stellten sich einige unserer Universitäten sowie führende Regierungsleute hinter die Eugenik-Bewegung. Das Ergebnis war, daß achtundfünfzigtausend Menschen, die als genetisch minderwertig galten, zwangssterilisiert wurden – Kriminelle, geistig Behinderte, Epileptiker . . ."

„Hitler hätte das gefallen", sagte Mulder. „Allerdings ging er noch weiter. Sein Plan, eine arische Herrenrasse zu schaffen, bedeutete, daß er buchstäblich versuchte, jeden anderen Genpool durch Völkermord zu beseitigen."

Scully bog in die lange Auffahrt des Instituts ein. „Die meisten Menschen teilen vermutlich die Auffassung, daß bestimmte körperliche Defekte – wie Mukoviszidose oder auch nur Fettleibigkeit – nicht wünschenswert sind. Wir könnten sie loswerden; aber wenn Sie diese Möglichkeit weiterdenken . . . was könnten wir sonst noch alles loswerden wollen? Menschen, die *fast* fettleibig sind? Übergewichtig? Leicht übergewichtig?"

Mulder nickte. „Wer entscheidet, was wünschenswert ist und was nicht? Die Gefahr besteht darin, daß derjenige, der die Entscheidung trifft, jemand wie Hitler sein könnte."

„Es besteht noch eine weitere Gefahr", gab Scully zu bedenken, als sie vor dem äußeren Tor des Instituts hielt. „Unsere Kenntnisse über Genetik sind immer noch relativ elementar. Ein Wissenschaftler kann in der besten Absicht handeln, doch es besteht immer das Risiko, einen schweren Fehler zu machen, wenn man mit der DNS herumspielt – oder wenn man Gott ins Handwerk pfuscht, wie manche Leute meinen."

Nachdem sie geparkt und drei äußere Tore durchschritten hatten, gingen Mulder und Scully auf einen Wächter in einem verglasten Häuschen im Zellenblock Z des Whiting-Instituts zu.

„Mulder“, erkundigte sich Scully unbehaglich, „wer hat Ihnen von dieser Einrichtung erzählt?“

„Ich wünschte, das wüßte ich selbst“, sagte Mulder aufrichtig.

„War es Ihr Insider-Freund?“ hakte Scully nach.

„'Freund' ist vielleicht ein bißchen übertrieben“, erwiderte Mulder. Er war immer noch argwöhnisch gegenüber seinem mysteriösen Informanten. *Irgend jemanden* verkaufte ein Informant immer, und es gab keine Garantie dafür, daß nicht Mulder der Verratene war. Mulder hatte sich reichlich Feinde gemacht, seit er zum FBI gestoßen war. Wenn nun Deep Throat für einen von ihnen arbeitete und Mulder in eine Falle lokken wollte . . .?

Die beiden Agenten traten an den Schalter des Pförtners und wiesen sich aus.

„FBI-Agenten Mulder und Scully . . . wir möchten Eve 6 sehen“, sagte Mulder.

„Deponieren Sie Ihre Waffen und quittieren Sie mir das hier!“ leierte der Wächter gelangweilt, während er zwei Alarmsender auf den Tisch legte.

„Was ist das?“ fragte Mulder.

„Panikknöpfe“, erklärte der Wächter. „Ohne die darf ich Sie nicht hineinlassen.“

Eine Aufseherin schloß ihnen die schwere Stahltür auf, die zu den Stationen führte. Hinter ihnen ließ sie sie mit einem lauten Schlag wieder ins Schloß fallen. Die beiden FBI-Agenten folgten ihr ins Innere eines

Turms, das aus endlosen Reihen und Schichten von Gefängniszellen bestand – Stockwerk über Stockwerk. Die Insassen preßten sich an die Gitter und schrien ihnen höhnische Bemerkungen zu. Der Lärm war ohrenbetäubend.

Die Aufseherin führte sie eine steile Treppe hinab zu einem Kellergang. Mulder hatte das Gefühl, daß noch nie zuvor Tageslicht oder auch nur Wärme in diesen Bereich gedrungen war. Feucht und kalt war es hier, und die sechs Türen, die von dem Flur abzweigten, gaben keinerlei Hinweise darauf, was sich dahinter verbarg.

Eine andere Aufseherin trat vor, entriegelte eine weitere Stahltür und ging ihnen, gefolgt von ihrer Kollegin, zu einer Zelle voran, an der der Name „Eve 6" geschrieben stand. Die Tür hatte nur einen schmalen Fensterschlitz, zwischen der Doppelverglasung war ein Gitter aus Stahldraht eingefügt. Wer immer Eve 6 sein mochte, sie benötigte offensichtlich schwerste Sicherheitsvorkehrungen, dachte Scully.

Gemeinsam öffneten die beiden Aufseherinnen das Schloß an der Zellentür. Wortlos reichte eine von ihnen Scully eine Taschenlampe. „Wozu die Taschenlampe?" fragte Scully.

„Sie schreit sich die Seele aus dem Leib, wenn wir die Deckenbeleuchtung einschalten", erklärte die Aufseherin nicht ohne Mitgefühl. „Niemand von uns hat sie je genau gesehen." Sie hielt inne und sagte dann: „Wir warten hier vor der Tür."

Scully öffnete die Zellentür. Im Inneren der Zelle war es stockfinster.

„Hallo", sagte Mulder, während Scully den Strahl der Taschenlampe über die gepolsterten Wände des winzigen Raumes wandern ließ.

Der Lichtschein glitt über den kalten, grauen Zementfußboden und einen leeren Stuhl zum Ende einer dünnen, kahlen Matratze, die mit gestreiftem Drillich bezogen war.

Dann kam Scullys Lichtkegel auf einer roten Fußfessel zur Ruhe, die an der Betonwand befestigt war. Sie ließ das Licht nach oben wandern – von den roten Fußschellen auf die Beine, die in einen weiten, grünen Anstaltspyjama gehüllt waren. Die Gefangene saß angekettet auf einer Metallpritsche, die an der Wand angebracht war. Ihre Arme waren vor der Brust in einer weißen Zwangsjacke gefesselt. Sie blinzelte in das grelle Licht.

Mulder und Scully blieben schweigend stehen. Sie konnten kaum glauben, was sie da sahen.

Es war Eve 6, die als erste sprach. Ihre Stimme klang bitter. „So . . . ich schätze, Sie haben gefunden, wonach Sie suchen." Sie sah sie direkt an. „Zumindest eine von uns."

Scully richtete ihren Lampenstrahl auf das Gesicht der Frau. Eve 6 blinzelte, senkte den Blick und versuchte, dem Licht zu entgehen. Normalerweise hätte Scully Mitleid mit ihr gehabt und das Licht sofort von ihr weggeschwenkt. Doch sie war zu verblüfft, um irgend etwas anders zu tun als sie anzustarren. Es konnte nicht sein. Diese Frau hatte kurzes, fettiges, ungekämmtes Haar, unregelmäßig abgeschnitten, wie mit einem Messer; ihre vergilbten Zähne faulten, und ihre Augen waren eingesunken und psychotisch. Ihr Blick brannte mit einer wilden, beängstigenden Intensität.

Dennoch wußte Scully, daß sie dieselbe Frau vor sich sah, die sie auf Dr. Bennetts Video gesehen hatte.

„Sally Kendrick", sagte Scully endlich.

10

Eve 6 kauerte mit angezogenen Knien in der Ecke ihres Bettes. Ihre Augen waren rot gerändert, als ob sie geweint hätte. „Schließen Sie die Ketten auf!" sagte sie mit ruhiger Stimme. „Dann können wir reden."

„Die müssen Sie wahrscheinlich aus gutem Grund tragen", sagte Mulder vorsichtig.

„Nein", widersprach Eve. „Aus einem schlechten Grund. Ich habe einem Aufseher zuviel Aufmerksamkeit geschenkt . . . ich habe ihm in den Augapfel gebissen." Sie bleckte ihre fauligen, gelben Zähne und ließ sie mit einem schrillen, nervösen Lachen klicken.

Als die Agenten nicht reagierten, zuckte sie die Achseln und setzte eine Erklärung hinzu: „Ich habe es als Zeichen meiner Zuneigung gemeint."

Mulder wußte, daß sie versuchte, ihnen Angst einzujagen, und er hatte nicht die Absicht, ihr den Erfolg zu gönnen. Er starrte sie nur an und wartete, daß sie ihre Rolle aufgab.

Sein Schweigen schien sie nervös zu machen. „Wollen Sie wissen, wie hoch mein Intelligenzquotient ist?" fragte sie rasch. „Ich glaube, ich bringe es auf zweihundertfünfundsechzig. Wir Eves sind sehr klug. Liegt in der Familie."

Mulder wog ihre Behauptungen im Licht dessen ab, was er während seiner psychologischen Ausbildung gelernt hatte. Eine Person von durchschnittlicher Intelligenz hatte einen IQ-Wert irgendwo zwischen neunzig und hundert. Fünfundneunzig Prozent aller Getesteten lagen zwischen siebzig und hundertdreißig. Ein IQ von hundertvierzig wurde als Genialität betrachtet. Zweihundertfünfundsechzig? So weit reichten die Skalen nicht.

„Wo sind die anderen?“ fragte er. „Die Adams und Eves?“

„Wir neigen zum Selbstmord“, sagte Eve 6 leise. „Ich bin die einzige, die noch übrig ist. Eve 7 ist schon ganz zu Anfang ausgerückt. Und Eve 8 . . . sie ist zehn Jahre später entkommen.“

„Sind Sie Sally Kendrick?“

„Das ist nicht mein Name“, erwiderte die Frau und starrte in die Dunkelheit auf etwas, das nur sie sehen konnte. „Aber sie ist ich . . . und ich bin sie . . . Wir sind alle eine wie die andere.“ Die letzten Worte sang sie mit flacher, melodieloser Stimme als Parodie eines alten Beatles-Songs.

„Haben Sie 1985 für das Luther Stapes Center für Fortpflanzungsmedizin gearbeitet?“ fragte Scully, um bei den Fakten zu bleiben.

„1985?“ echote Eve 6 wütend. „1985 war ich schon seit zwei Jahren so gefesselt.“ Sie kämpfte gegen die Zwangsjacke an und versuchte vergeblich, ihre Arme zu heben. „Und aus welchem Grund? Ich habe doch gar nichts getan. Ich bin nur ich. Die haben mich *erschaffen.* Aber müssen *sie* deswegen leiden? Nein, nein. Nur *ich* muß leiden. Sie halten mich für das Litchfield-Projekt am Leben. Sie kommen hier herein, stechen mich und testen mich, um festzustellen, was schiefgegangen ist." Eves schmerzlich angespannte Stimme nahm einen verschlagen berechnenden Ton an. „Sally weiß ganz genau, was schiefgegangen ist."

Mulder blickte zu Scully hinüber und fragte sich, wieviel von dem, was Eve 6 vorbrachte, glaubwürdig war. Selbst wenn ihre Behauptungen über ihren IQ überzogen waren, hatte er das schreckliche Gefühl, daß das meiste von dem, was sie sagte, die Wahrheit war. Die Eves konnten nichts daran ändern, was sie waren. Sie *waren* erschaffen worden; sie waren das Ergebnis eines Regierungsexperiments – und nun war diese Frau deswegen zu lebenslanger Gefangenschaft verdammt.

„Jeder von Ihnen beiden hat sechsundvierzig Chromosomen in dreiundzwanzig Paaren", sagte Eve 6. Sie hörte sich an wie eine Biologielehrerin, die keine Ahnung von Grammatik hatte. „Die Adams, ich, die anderen Eves, wir haben sechsundfünfzig. Wir habe die Chromosomenpaare vier, fünf, zwölf, sechzehn und zweiundzwanzig doppelt. Diese Verdoppelung der Chromosomen produziert auch zusätzliche Gene. Erhöhte Kraft. Erhöhte Intelligenz."

„Erhöhte Psychoseanfälligkeit", ergänzte Mulder.

Eve 6 warf ihm einen Anflug eines Lächelns zu. „Ich habe mir das Beste für den Schluß aufgehoben."

Sie starrte Scully an. „Sie glauben mir wohl nicht?" Scullys Skepsis war ihr nicht entgangen. „Ich habe Beweise. Sehen Sie sich meine Wand an!" Sie hob einen Fuß, soweit es die Fesseln zuließen, und deutete damit nach oben. „Mein Familienalbum."

Scully trat mit ihrer Taschenlampe an die Wand. Zeitungsasschnitte und unheimliche Zeichnungen waren mit Klebeband an der Betonwand befestigt. Schließlich fand Scully ein Foto von acht kleinen Mädchen, alle in Schuluniformen. Die Länge und der Schnitt ihrer karierten Röcke verriet ihr, daß das Bild in den fünfziger Jahren aufgenommen worden war. Es waren die Eves, auf einem Schulhof versammelt, einige saßen auf Schaukeln, andere posierten neben einem Baum. Die Mädchen lächelten in die Kamera, und alle sahen absolut identisch aus.

Und jede von ihnen sah genauso aus wie Teena und Cindy.

„Mein Gott", flüsterte Scully. „Es sind die Mädchen."

„Wir standen uns nahe", sagte Eve 6 sarkastisch. „Wir standen uns *sehr* nahe."

„Sally Kendrick benutzte die Klinik, um das Litchfield-Experiment fortzusetzen", sagte Mulder. Er starrte das Wrack einer Frau an, das einmal Eve 6 war, und begriff plötzlich. „Sie hat sich selbst geklont."

11

Die Nacht war hereingebrochen und hüllte die grünen Hügel von Marin County in Dunkelheit. In einem hellen, freundlichen Zimmer, das mit pastellfarbenen Tapeten und Engelsbildern dekoriert war, kniete Cindy Reardon neben ihrem Bett und sprach ihr Abendgebet. Ihre Mutter stand in der Tür und betrachtete sie.

„Müde bin ich, geh zur Ruh“, begann das achtjährige Mädchen. „Schließe beide Augen zu. Vater, laß die Augen dein über meinem Bettchen sein. Lieber Gott, bitte segne Oma und Opa Stenner, Irma und Irmapop! Und segne Mama! Und bitte, paß auf Daddy im Himmel auf.“

Als Cindy mit ihrem Gebet fertig war, kam Mrs. Reardon näher und setzte sich neben sie auf das Bett. Sie blinzelte gegen die Tränen an und strich ihrer Tochter übers Haar. „Du bist ein ganz besonderes kleines Mädchen, Cindy“, sagte sie.

Sie deckte ihre Tochter zu und gab ihr einen Kuß auf die Stirn. „Gute Nacht, mein Liebling.“

Obwohl Ellen Reardon Cindy seit dem Tag ihrer Geburt kannte, hatte sie keine Ahnung, wie besonders sie wirklich war.

Vor dem Haus der Reardons saßen Mulder und Scully

in ihrem Mietwagen und sahen, wie das Licht in Cindys Zimmer ausging. Sie hatten gerade die Agenten abgelöst, die das Haus den ganzen Tag über im Auge behalten hatten.

Die Agenten, die zur Verstärkung gekommen waren, hatten wenig oder gar keine Aktivitäten um das Haus der Reardons gemeldet. Doch die friedliche Szenerie konnte Mulder nicht beruhigen. Er konnte die Vision von Eve 6 nicht abschütteln, wie sie angekettet an der Wand hockte, wahnsinnig, erbärmlich und beängstigend.

Er sagte: „Wenn Eve 6 recht hat, und noch zwei weitere Eves frei herumlaufen, könnte das die beiden identischen Morde erklären, die genau zum selben Zeitpunkt stattfanden. Sally Kendrick hat eine Komplizin – sich selbst."

Scully stützte ihren Ellbogen auf die Türkante und ließ den Kopf gegen ihre Hand sinken. „Ehrlich gesagt, hatte ich schon den Verdacht, daß die Mädchen es getan haben könnten."

„Nein", sagte Mulder. „Es scheint, als ob die beiden übrigen Eves die Eltern beseitigen wollten, um Teena und Cindy in der Familie zu behalten."

„Meinen Sie, die Mädchen haben eine Ahnung davon, was sie sind?" fragte Scully und hob das Fernglas, um Cindys Fenster zu beobachten.

„Ich hoffe nicht", erwiderte Mulder.

Cindy schloß die Augen und wartete. Sie lauschte,

als sie ihre Mutter leise die Zimmertür schließen und dann hinuntergehen hörte.

Behutsam und lautlos setzte sich Cindy im Bett auf. Es war jemand im Haus. Jemand, der hier nicht hingehörte.

Cindy schluckte schwer und schaute unter dem Bett nach. Dort war nichts. Sie preßte ihr Lieblingsstofftier an die Brust, stand auf und ging zum Fenster, um es zu verriegeln. Sie blieb eine Weile am Fenster stehen und starrte hinaus auf die dunkle Straße.

Dort richteten sich Mulder und Scully auf die langen, wortkargen Stunden ihrer Wache ein. Scully hielt solche Beobachtungen manchmal für den schwierigsten Teil ihrer Arbeit. Es war so leicht, sich der Langeweile oder irgendeiner Ablenkung hinzugeben, die Gedanken abschweifen und die Aufmerksamkeit sinken zu lassen . . .

Mulder tippte ihr auf den Arm, und sie merkte, daß sie genau das gerade getan hatte. Er nickte zum Haus hinüber, und sie hob das Fernglas und suchte die Front des Reardon-Hauses ab. Cindy war wie ein Geist an ihrem Fenster im Obergeschoß erschienen.

Neugierig drehte Scully am Schärferegler, um besser sehen zu können. Sie erkannte die zierliche Gestalt des Mädchens und die Umrisse des Betts. Plötzlich wurden die Falttüren von Cindy Schrank geöffnet, und ein gleißend helles Licht fiel von hinten auf die Gestalt des Mädchens.

Scully ließ das Fernglas sinken, als sie sah, wie Cindy vom Fenster zurückgerissen wurde, als habe sie jemand von hinten gepackt.

„Mulder!“ sagte Scully und sprang aus dem Wagen.

„Ich nehme die Rückseite!“ rief Mulder und sprintete auf den Holzzaun zu, der den Garten umgab.

Scully verlor ihren Partner aus den Augen, während sie auf die Vorderseite des Hauses zurannte.

Es schien eine Ewigkeit zu dauern, bis Ellen Reardon im Morgenmantel öffnete.

„Was ist los?“ fragte die Frau schläfrig und desorientiert.

„Es ist jemand oben“, sagte Scully und schob sich an ihr vorbei. „Warten Sie draußen!“

Leise öffnete Mulder das Holztor, das in den Garten der Reardons führte. Als er sich der Rückseite des Hauses näherte, ging er langsamer. Es war keine Spur von einem Einbruch zu sehen. Andererseits konnte die Person, die Cindy gepackt hatte, nicht durch die Vordertür hereingekommen sein. Die Vorderseite des Hauses war während der letzten achtundvierzig Stunden rund um die Uhr von FBI-Agenten bewacht worden – was bedeutete, daß die Person, mit der sie es zu tun hatten, ihr Spiel gut beherrschte. Beängstigend gut.

Mulder leuchtete mit seiner Taschenlampe voraus und hob seine Waffe . . .

Scully jagte mit gezogener Waffe die dunkle Treppe hinauf. Als sie den Absatz am oberen Ende der Treppe erreichte, hob sie die Pistole und stützte sie mit der linken Hand ab. Mit der Wand als Deckung sprang sie mit einer raschen Drehung auf den oberen Flur.

Nichts.

Schnell und lautlos huschte sie auf Cindys Zimmer zu. Sie hoffte, daß Mrs. Reardon sich außerhalb des Hauses in Sicherheit gebracht hatte; sie hoffte, daß Mrs. Reardon daran dachte, die Polizei zu rufen. Denn Scully spürte, daß jemand im Haus war. Ganz in ihrer Nähe . . .

Mulder spähte in die Schatten im Garten. War Cindys Entführer noch im Haus? Und würde er auf der Rückseite herauskommen? Sein Blick fiel auf die Schaukel, wo Doug Reardons Leiche gefunden worden war. Plötzlich kam ihm ein anderer Gedanke: Es bestand einige Wahrscheinlichkeit, daß die Person, die hinter Cindy her war, nicht allein arbeitete. Wenn sich nun ein Komplize im Garten versteckt hielt?

Mulder tastete sich lautlos an dem Gartenzaun entlang . . .

Aus dem dunklen Flur hinter Scully tauchte eine Gestalt auf und versetzte ihr einen harten Schlag auf den Hinterkopf. Scully schrie auf und fiel zu Boden. Ihr Angreifer stürmte über sie hinweg und ließ sie bewußtlos auf dem Treppenabsatz zurück.

Scully merkte nichts von der vermummten Gestalt, die über sie hinwegsprang und die Treppe hinunterrannte und Cindy Reardon auf den Armen trug.

Sie hörte nicht einmal Mrs. Reardons entsetzten Aufschrei.

Im Garten der Reardons wirbelte Mulder herum, als er den Schrei hörte. Die Glasschiebetür der Terrasse zersprang ohne Vorwarnung in eine Million Stücke, der Entführer stürmte mit dem Rücken voran heraus, um das Mädchen vor den Glassplittern abzuschirmen.

Während die Glassplitter noch in den Garten regneten, zog Mulder seine Waffe. „FBI! Ich bin bewaffnet!" rief er.

Der Entführer schwenkte das Mädchen vor sich und benutzte es als lebenden Schild.

Mulder ließ die Waffe nicht sinken, doch er wußte, daß er keinen weiteren Schritt riskieren konnte. Er konzentrierte sich auf den Kidnapper, eine Gestalt in schwarzen Hosen, schwarzen Handschuhen und einer schwarzen Kapuzenjacke, die die völlig verängstigte Cindy Reardon fest umklammert hielt. Mulder tat das einzige, was er tun konnte – er hob seine Taschenlampe.

Und er sah in das bleiche, vertraute Gesicht von Sally Kendrick.

„Lassen Sie die Waffe fallen!" befahl Dr. Kendrick und preßte den Lauf ihrer Waffe gegen Cindys Schläfe. „Sie wissen, daß ich dazu fähig bin."

Mulder stand wie erstarrt. Er wollte sie aufhalten, und er war bereit, alles dafür zu tun.

„Welche sind Sie?“ fragte er. „Eve 7 oder Eve 8 . . .?“

Das Klicken, als der Hahn der Waffe gespannt wurde, ließ ihm das Wort im Hals steckenbleiben. Für den Augenblick hatte Sally Kendrick gewonnen. Mulder ließ seine Waffe sinken.

„Legen Sie sie langsam auf den Boden!“ befahl Dr. Kendrick. „Ganz langsam!“

Mulder legte seine Waffe widerstrebend auf den Boden.

Sally Kendrick drückte noch immer ihre Waffe an Cindys Schläfe; sie bewegte sich Schritt für Schritt rückwärts und rannte dann durch das offene Gartentor.

Kaum war sie hinaus, hob Mulder seine Pistole auf und setzte ihr nach. Ihm sank das Herz, als er die Straße erreichte und sah, daß Dr. Kendrick das Mädchen bereits auf dem Rücksitz einer hellblauen Limousine verstaut hatte.

Dr. Kendrick mußte seine Schritte gehört haben. Sie reagierte schneller, als er es für möglich gehalten hätte, wirbelte zu ihm herum und feuerte.

Mulder warf sich hinter dem Tor zu Boden, und die Kugel pfiff über ihn hinweg. Wieder eine wichtige Information über die Eves, dachte er. Sie waren exzellente Schützen.

Dr. Kendrick wartete nicht auf die Gelegenheit, einen zweiten Schuß abzugeben. Sie stieg in den Wagen und raste mit quietschenden Reifen davon.

Als er den Wagen davonjagen hörte, hob Mulder seine Pistole. Binnen Augenblicken hatte er sich aufgerappelt und war über das Tor gesprungen. Er rannte, so schnell er konnte, mit brennenden Lungen hinter dem blauen Toyota her. Vergeblich. Sally Kendrick und ihr Opfer waren innerhalb von Sekunden außer Sicht.

12

Vor dem Haus der Reardons erleuchtete eine Armee von Streifenwagen die Nacht mit ihren roten und blauen Blinklichtern. Zum zweiten Mal in dieser Woche versammelten sich die Nachbarn auf der Straße; sie standen hinter den Polizeibarrikaden und fragten sich, welches böse Schicksal über Ellen Reardon hereingebrochen sein mochte.

Scully ging auf eine Gruppe von Beamten zu. Sie standen um einen Streifenwagen herum, auf dessen Motorhaube sie eine Karte der Umgebung der Bucht von San Francisco ausgebreitet hatten.

„Der Name der Verdächtigen ist Sally Kendrick“, unterrichtete sie Scully. „Anfang Vierzig. Eins zweiundsiebzig groß. Sechzig Kilo schwer. Möglicherweise hat sie eine Komplizin, die ihr sehr ähnlich sieht. Sie fährt einen hellblauen dreiundneunziger Corolla. Sie ist außerordentlich stark für ihre Statur“, fuhr Scully fort. „Sie sollten sie also als bewaffnet und gefährlich einstufen. Außerdem ist damit zu rechnen, daß sie sich wie eine Psychopatin verhalten könnte.“

Scully nickte zwei FBI-Agenten zu, die in der Nähe warteten. „Es sind FBI-Agenten aus Oakland hier, um die Suche jenseits der Brücke zu leiten.“

Während die Agenten aus Oakland eine weitere Karte ausbreiteten, machte sich Scully auf die Suche nach Mulder. Als sie ihren Partner fand, versuchte er gerade, Mrs. Reardon zu trösten.

„Und wenn sie sie nun ... umbringt?" fragte Mrs. Reardon bang. „Erst verliere ich Doug. Und jetzt Cindy ..."

„Mrs. Reardon, da Dr. Kendrick und ihre Komplizin die Väter ermordet und die Mädchen entführt haben, wollen sie die Mädchen wahrscheinlich lebend", versicherte ihr Mulder. „Ich bin sicher, daß Cindy lebt und daß wir sie finden."

Die fassungslose Mutter wendete sich von ihm ab.

„Wir werden sie finden", versprach er.

Mrs. Reardon nickte, doch über ihre Wangen strömten Tränen.

Mulder sah seine Partnerin an. Scullys Gesicht wirkte angespannt. Sie sprach so leise, daß Mrs. Reardon sie nicht hören konnte, doch sie stellte eine schwerwiegende Frage: „Und was machen wir dann?"

Vierzig Meilen nördlich von San Francisco, auf der Höhe des San Andreas Fault, rollten die Wellen des Pazifik gegen die grasbedeckten Dünen der Küste bei Point Reyes. Wenige Meilen landeinwärts am Lighthouse Motel war die Luft immer noch vom Geruch des Salzwassers und dem Geschrei der Möwen erfüllt.

Die Frau, die früh am nächsten Morgen vor dem Motel hielt, hatte es nicht wegen seiner Atmosphäre oder seiner Nähe zum Strand ausgewählt. Das Lighthouse Motel war ein längliches, einstöckiges weißes Gebäude, umgeben von Eukalyptusbäumen und Sequoias. Es war abgelegen und ruhig. Trotz des „No Vacancy"-Schildes waren keine anderen Autos zu sehen, und das war ihr auch ganz recht so.

Sie parkte den dunkelblauen Ford vor ihrem Zimmer und stieg aus dem Wagen. Im Morgenlicht war ihr Haar rötlicher und kürzer, als es auf dem Video im Stapes Center ausgesehen hatte. Und Sally Kendrick war älter, ihre Ähnlichkeit mit Eve 6 noch größer.

Gelassen überprüfte sie, ob jemand sie beobachtete. Als sie sich davon überzeugt hatte, daß sie allein war, öffnete sie die Hintertür des Wagens, holte Cindy Reardon vom Rücksitz und führte sie in das Motelzimmer.

Den grauhaarigen Motelmanager, der den Rasen rechte, bemerkte Sally Kendrick nicht. Aber er hatte sie bemerkt.

Kendrick schob Cindy in das Zimmer und lächelte das kleine Mädchen aufmunternd an. „Es tut mir leid, daß ihr euch auf diese Weise kennenlernen müßt. Aber so ist es am besten für alle Beteiligten."

Cindy schaute sich wortlos um. Das Motelzimmer war mit geblümten Vorhängen und einer Sammlung von Cowboyhüten an der Wand geschmückt. Sie befanden sich in einem großen Raum, der als Küche und Wohnzimmer diente. Eine offene Tür an der Rückwand führte in das Schlafzimmer.

Dr. Kendrick nahm ihre Handschuhe ab und spähte aus dem Küchenfenster, um sich zu vergewissern, daß niemand ihnen gefolgt war. Dann öffnete sie die Badezimmertür und schob Cindy hinein.

Im Bad saß Teena Simmons angebunden auf dem Toilettensitz, ihr Mund war zugeklebt und die Arme hinter dem Rücken gefesselt. Sie trug eine rote Jacke, rote Strumpfhosen und einen rotkarierten Rock. Fasziniert starrte sie Cindy an, die immer noch ihren Pyjama trug.

Kendrick riß das Klebeband von Teenas Mund, legte einen Arm um sie und sagte: „Teena Simmons, das ist Cindy Reardon."

Die beiden Mädchen sahen einander lange mit einem undeutbaren Gesichtsausdruck an. Schließlich lächelten sie beide genau im gleichen Augenblick.

Das Haus der Reardons war zum Nervenzentrum der Untersuchung geworden. Polizeibeamte und Laborexperten durchschwärmten die Räume und suchten nach Spuren der Kidnapperin. Ständig klingelten das Telefon im Haus und die Handys der Beamten. Es herrschte hektische Betriebsamkeit. Zeit war der entscheidende Faktor, und jeder wußte das.

Sergeant Mann, eine uniformierte Beamtin, schob sich an den anderen vorbei und ging auf die beiden FBI-Agenten zu, die gerade die Treppe herunterkamen. Mulder sprach in sein Handy.

„Agents Scully und Mulder“, sagte Sergeant Mann atemlos. „Der hellblaue Corolla wurde auf dem Parkplatz des internationalen Flughafens von San Francisco gefunden.“

„Na prächtig“, murmelte Scully. Sie sah ihren Partner an, der immer noch telefonierte, und wußte, daß sie die nächsten Schritte veranlassen mußte. „Okay“, sagte sie, während sie rasch nachdachte. „Ich möchte, daß Sie die Passagierlisten für jeden einzelnen Flug überprüfen lassen, der während der letzten zwölf Stunden gestartet ist . . .“

Mulder beendete sein Gespräch, klappte das Handy zu und gleich wieder auf, als der nächste Anrufer klingelte. „Hier Mulder . . .“

Scully fuhr fort, den Polizisten Anweisungen zu geben. „Überprüfen sie jedes Terminal und vergewissern Sie sich, daß Dr. Kendrick nicht irgendwo in einem Versteck auf einen späteren Flug wartet! Und denken Sie daran, daß sie möglicherweise eine Komplizin hat.“

Die Beamten setzten sich gerade in Bewegung, als Mulder sein Gespräch beendete.

„Das war ein Motelmanager in Point Reyes“, informierte Mulder seine Partnerin. „Ein Möchtegernpolizist. Hat den Polizeifunk abgehört. Er sagt, daß er einen Gast beherbergt, auf den Dr. Kendricks Beschreibung paßt."

„Der Wagen wurde gerade gefunden, und zwar am Flughafen", tat Scully den Anruf des Motelmanagers als falsche Fährte ab.

„Vielleicht hat sie ihn nur dort stehenlassen", meinte Mulder.

Scully gestand sich widerstrebend ein, daß Mulder vielleicht recht hatte. Dr. Kendrick war zweifellos clever genug, um den Wagen zu wechseln. Sie konnten es sich nicht leisten, eine Spur zu ignorieren.

„Der Manager sagt, daß diese Frau mit einem kleinen Mädchen gekommen ist", fuhr Mulder fort, „aber am Nachmittag hat sie das Motel *allein* verlassen, war die ganze Nacht weg und ist morgens mit dem kleinen Mädchen zurückgekommen."

Scully fiel es nicht schwer, sich ein Szenario vorzustellen, das diese Umstände erklären konnte. „Jemand könnte das Mädchen abgeholt haben, ohne daß der Manager etwas davon gemerkt hat. Ich meine, diese Gegend ist voll von Familien, die Urlaub machen. Da könnten Hunderte von kleinen Mädchen herumlaufen."

„Im November?" fragte Mulder skeptisch. Die Gegend bei Point Reyes hatte im Sommer herrliches Wetter, war aber ebenso für ihre kalten, stürmischen Winter bekannt. „Außerdem erinnert sich der Manager an *dieses* Mädchen. Sie hat zu ihm gesagt, er solle Chlor verwenden, 'um die Geißeltierchen im Swimmingpool auszurotten'. Klingt das nach jemandem, den Sie kennen?"

„Das ist sie", sagte Scully und seufzte.

13

Teena Simmons und Cindy Reardon saßen sich in dem Motelzimmer am Küchentisch gegenüber. Sie trugen identische rotkarierte Blusen, rote Röcke und rote Strumpfhosen. Sally Kendrick hatte ihnen aus einem Schnellimbiß etwas zum Mittagessen mitgebracht, und nun war der Tisch mit Einwickelpapier, Hamburger-Schachteln und Plastikbechern bedeckt.

„Ich habe eure Entwicklung immer genau im Auge behalten", sagte Dr. Kendrick. „Ganz egal, wo ich war. Die letzten Jahre habe ich damit verbracht, nach der verbliebenen Eve zu suchen", erklärte sie. „Dabei wurde ich jedoch durch eure ... *Aktivitäten* unterbrochen."

Dr. Kendrick setzte sich zu den beiden Achtjährigen an den Tisch und stützte ihren Kopf auf die Hände. „Ich hatte gehofft, meine Arbeit im Stapes Center hätte die Fehler von Litchfield korrigiert", sagte sie. Sie redete mit ihnen wie mit ebenbürtigen Erwachsenen. Es gab keinen Grund, sie herablassend zu behandeln, und sie mußten von ihrem ungewöhnlichen Erbe erfahren. „Bei den Adams und Eves trat psychotisches Verhalten erst im Alter von sechzehn Jahren auf", erklärte sie, „und gemordet haben sie erst mit zwanzig."

Sie sammelte einige der leeren Verpackungen auf dem Tisch ein. „Stellt euch vor, wie enttäuscht ich war, als ich von eurer *beschleunigten* Entwicklung erfuhr."

Die Mädchen hörten schweigend zu und zeigten keine Reaktion. So, als wären sie taub.

Dr. Kendrick stand auf und räumte den Abfall fort; sie war dankbar für die Ablenkung. Sie kehrte an den Tisch zurück und fragte sich, was sie als nächstes sagen sollte. Sie hatte sich dieses Gespräch leichter vorgestellt. Sie wußte, daß sie sie verstanden. Schließlich waren die beiden genetisch nahezu identisch mit ihr und den anderen Eves. Möglicherweise waren sie sogar noch intelligenter. Warum war es so schwierig, mit ihnen zu reden? Sie beschloß, es mit einer anderen Taktik zu versuchen.

„Wie habt ihr voneinander erfahren?" fragte sie neugierig.

Die beiden Mädchen tauschten einen Blick aus und zuckten die Achseln.

„Wir wußten es einfach", sagte Teena.

„Und wie habt ihr euch über euren kleinen ... Streich verständigt?" Dr. Kendrick empfand eine Spannung, die sie selbst überraschte. Die unheimliche Ruhe der Mädchen – besonders nach ihrer Entführung – beunruhigte sie.

„Wir wußten es einfach", sagte Cindy.

„Warum habt ihr eure Väter ermordet?" fragte Dr. Kendrick mit gespannter Stimme. Selbst sie hatte diese

Entwicklung nicht voraussehen können; sie hatte törichterweise angenommen, daß die Mädchen frühestens in ihren Teenagerjahren zu einer Gefahr werden würden.

Wieder zuckten die beiden Mädchen nur die Achseln.

„Sie *waren* nicht unsere Väter“, sagte Cindy schließlich.

„Wir haben keine Eltern“, stimmte Teena ein.

„Wir wurden nicht *geboren*“, ergänzte Cindy.

„Wir wurden *geschaffen*“, sagte Teena mit Groll in den Augen.

„So . . . so dürft ihr nicht denken“, stammelte Dr. Kendrick. Natürlich verstand sie, wie die beiden empfanden, und es war das letzte, was sie gewollt hatte, es war, was sie hatte verhindern wollen.

„Ihr seid menschliche Wesen“, sagte sie langsam und deutlich. „Anders. Besonders. Aber ihr *dürft* euch nicht einfach eurem genetischen Schicksal ergeben.“

Dr. Kendrick schwankte ein wenig auf ihrem Stuhl; sie fühlte sich plötzlich schwindelig. Sie zwang sich, weiter zu den Mädchen zu sprechen.

„Darum habe ich euch geholt“, sagte sie verzweifelt. „Ich wurde von einem Mann aufgezogen, der wußte, was ich war. Er war einer der Gentechniker des Projektes. Ihr müßt bei jemandem leben, der eure . . . besonderen Fähigkeiten versteht.“

Dr. Kendrick hatte jetzt Mühe zu sprechen. Sie

verspürte Übelkeit und Schwindel, und obwohl sie einen schwarzen Wollpullover trug, war ihr plötzlich eiskalt. Ihre Zähne klapperten unbeherrschbar. Sie zwang sich, das alles zu ignorieren, um den Mädchen die Dinge zu sagen, die sie begreifen mußten.

„In einer angemessenen Umgebung und mit einem langfristigen Behandlungskonzept . . . könnt ihr werden wie ich . . . und . . . nicht wie die anderen Eves . . ." Sie versuchte, die Mädchen aufmunternd anzulächeln, aber etwas stimmte nicht. Sie konnte kaum noch sprechen; sie zitterte am ganzen Körper.

Die Mädchen beobachteten sie ungerührt.

Sie stand vom Tisch auf und schleppte sich zur Spüle. Sie würgte, konnte aber nicht erbrechen. Entschuldigend wandte sie sich an die Mädchen . . . und sah, wie sie einander angrinsten.

Dr. Kendrick wurde bleich vor Entsetzen. „Was habt ihr getan?" keuchte sie.

„Deine Cola", antwortete Teena sachlich. „Wir haben vier Unzen Digitalis hineingetan."

„Ein Auszug der Fingerhutpflanze", fügte Cindy erklärend hinzu. Sie zog ein kleines Glasfläschchen aus der Tasche und hielt dann Daumen und Zeigefinger etwa zwei Zentimeter auseinander. „*Das* ist eine tödliche Dosis."

„Wir haben die Pflanzen selbst gezüchtet", sagte Teena stolz. „Die lila Blüten waren sehr hübsch."

Dr. Kendrick klammerte sich an den Rand des

Spülbeckens und versuchte sich aufrecht zu halten. Sie spürte, wie sich die Droge in ihrem Organismus ausbreitete, und schieres Entsetzen lähmte ihre Gedanken. Sie wollte sich den Mädchen zuwenden, aber ihre Beine gaben unter ihr nach, so daß sie vor dem Herd zu Boden glitt.

„Warum?“ fragte sie voller Panik.

„Sag du es uns!“, forderte Cindy sie heraus.

„Du hast uns gemacht“, sagte Teena vorwurfsvoll.

„Wir sind *dein* Fehler“, erinnerte Cindy sie kühl.

Dr. Kendrick wußte, was sie zu tun hatte. Sie griff über sich nach dem großen Küchenmesser, das sie auf dem Herd abgelegt hatte. Dann drehte sie sich um und zwang sich, auf die beiden zuzugehen, und sagte mit entschlossener Stimme: „Dann werde ich diesen Fehler korrigieren.“

14

Es war ein kühler, verhangener Nachmittag in Point Reyes, einer jener stillen Tage, an denen die Einheimischen einsame Spaziergänge am Strand machten oder sich für einen ausgiebigen Mittagsschlaf entschieden. Doch der Parkplatz vor dem Lighthouse Motel füllte sich mit Polizeistreifenwagen, das statische Knistern ihrer Funkgeräte durchbrach die Stille des Tages.

Ein Beamter der örtlichen Polizei wartete ungeduldig neben seinem Fahrzeug. Er entspannte sich ein wenig, als er die beiden FBI-Agenten ankommen sah; sie wurden von einem weiteren Streifenwagen eskortiert. Ihm war nicht ganz klar, wer sich hier draußen verstekken sollte oder warum das FBI so begierig darauf war, sich selbst um die Sache zu kümmern. Er konnte sich nicht einmal erinnern, wann sich in Point Reyes zum letzten Mal Bundesagenten hatten blicken lassen.

Die beiden Agenten sprangen eilig aus ihrem Wagen. *Na, was immer es ist*, dachte der Beamte, *es muß wohl was Wichtiges sein.*

„Ich habe hier gewartet, genau wie Sie gesagt haben“, sagte der Beamte, als er auf Scully und Mulder zuging. „Aber bisher ist niemand rausgekommen oder reingegangen . . .“

Ein Schrei drang aus einem der Zimmer, und klirrend zersprang ein Fenster.

„Zurück!“ befahl Mulder. Einen endlosen Augenblick rührte sich niemand. Dann setzten sich die Polizeibeamten auf ein Nicken von Mulder hin in Bewegung und stürmten auf das Zimmer von Sally Kendrick zu. Mulder und Scully folgten dicht hinter ihnen.

Der Beamte an der Spitze verlor keine Zeit mit Klopfen. Er trat einfach die Tür ein.

Scully und Mulder glitten in das Zimmer und sahen sich bestürzt um. Sie kamen zu spät. Das Zimmer bot ein Bild der Verwüstung; Geschirr, Kleider und Zeitungen waren überall verstreut.

Und Sally Kendrick lag mit weit offenen Augen, die blicklos ins Leere starrte, reglos auf der Seite. Blut sikkerte ihr aus Mund und Nase und tränkte den Teppich unter ihrem Kopf.

Mulder trat mit erhobener Waffe auf die Frau zu. Er kniete sich kurz neben sie und sah, was er bereits vermutet hatte. Sie atmete nicht mehr.

Er rechnete damit, daß Eve 8 noch in der Nähe sein könnte, und warf daher einen Blick ins Schlafzimmer. Dort sah es noch chaotischer aus als im Küchenbereich. Decken und Laken waren von den Betten gerissen worden; der Spiegel an der Wand hing schief; ein Vorhang war von der Gardinenleiste abgerissen, und das Fensterglas war zerschlagen.

Mulder durchsuchte das Zimmer mit gezogener

Waffe. Offensichtlich hatte hier ein Kampf stattgefunden. Und wer immer Sally Kendrick getötet hatte, war offenkundig durch das hintere Fenster entkommen.

Im angrenzenden Zimmer kniete Scully neben Kendricks Leiche und legte ihr zwei Finger unterhalb des Ohrs an den Hals, obwohl sie wußte, daß sie keinen Puls finden würde.

Ihr Blick fiel auf die beiden Mädchen, die an der Wand kauerten und sich schutzsuchend aneinander klammerten. Die Mädchen waren beide völlig gleich in Rot gekleidet: Rote Jacken, rotkarierte Röcke, rote Strumpfhosen. Mit einem Schaudern fiel Scully ein, daß sie so ähnlich gekleidet waren wie die jungen Eves auf dem Foto in der Zelle von Eve 6.

Scully ging auf die beiden Mädchen zu und fragte sich, wie sie sie trösten könnte. Sie waren noch so jung und hatten schon so viel durchgemacht.

„Sie wollten, daß wir es trinken“, erklärte Cindy. „Aber wir haben nur so getan.“

„Sie haben versucht, uns zu vergiften“, fügte Teena ernst hinzu.

Mulder kam herein und warf einen Blick auf den Tisch. Zwei leere Gläser standen dort. In zwei weiteren war noch Flüssigkeit. Seltsam, daß in all diesem Chaos die Becher unangetastet geblieben waren. Mulder prägte sich den Umstand ein und wandte seine Aufmerksamkeit Scully zu, die gerade begann, die Mädchen zu befragen.

„Wer sind 'sie'?" fragte Scully.

Teena deutete auf Sally Kendrick. „Sie und die andere Frau."

„Wie sah die andere denn Frau aus?" wollte Mulder wissen.

Beide Mädchen deuteten auf Sally Kendrick.

„Eve 8", sagte Mulder ohne Überraschung. „Sie war also ihre Komplizin."

Die beiden Mädchen klammerten sich aneinander und schluchzten haltlos.

Scully kniete sich neben sie, ratlos, wie sie sie beruhigen sollte. Sie streichelte über Teenas Haar. „Es wird alles gut", sagte sie sanft.

Wie lange würden sich die Mädchen daran erinnern? fragte sie sich. Sie war viel zu praktisch veranlagt, als daß sie die Zeit hätte zurückdrehen und die Morde ungeschehen machen wollen, aber sie wünschte, sie wäre in der Lage, diesen Alptraum endlich zu beenden. Doch die Wahrheit war, daß sie nicht viel tun konnte. Sobald sie und Mulder Eve 8 gefunden hatten, würden sie sich einem neuen Fall zuwenden. Dieses eine Mal wünschte Scully, sie könnten bleiben und der Sache weiter nachgehen – nur um dafür zu sorgen, daß es den Mädchen gutging.

„Wir werden uns um euch kümmern. Bei uns seid ihr sicher", versprach sie, während die beiden kleinen Mörderinnen weiter weinten.

15

Die Dämmerung senkte sich über Point Reyes, und der Parkplatz des Lighthouse Motels stand immer noch voller Streifenwagen. Ihre blauen und roten Lichter rotierten lautlos, während ein weiteres Fahrzeug heranrollte – ein Leichenwagen.

Im Innern des Motels waren Kriminalbeamte der Polizei von Marin County mit der Spurensicherung am Tatort beschäftigt. Eine Beamtin suchte nach Fingerabdrücken, während ein Mann Fotos vom Zimmer und der Leiche machte. Ein dritter Beamter suchte außerhalb des Motels nach Reifenspuren oder sonstigen Hinweisen auf das Fluchtfahrzeug.

Mulder und Scully untersuchten den Küchenbereich nach Hinweisen auf den Tathergang. Einen Mord zu rekonstruieren war knifflig, wie Mulder wußte. Selbst mit den stärksten Indizien war es möglich, das Geschehen falsch zu deuten, ein Szenario zu konstruieren, das mit dem wirklichen Verbrechen wenig zu tun hatte. Sie brauchten Zeugen, dachte er. Und sie hatten welche. Das einzige Problem war, daß sie erst acht Jahre alt waren und völlig außer Fassung.

Scully streifte sich ein Paar Latexhandschuhe über und sah in eines der Gläser auf dem Tisch.

„Sieht aus, als ob die Eves ungefähr vier Unzen Digitalis in jedes Glas gemischt hätten", sagte sie.

„Also ihr eigenes kleines Jonestown", bemerkte Mulder. 1974 hatte ein Sektenführer aus San Francisco namens Jim Jones in der Nähe von Georgetown, Guayana, eine Gemeinschaft gegründet, die er Jonestown nannte. Er brachte nicht nur viele seiner Anhänger dazu, mit ihm nach Jonestown zu ziehen, sondern überredete sie 1978 zu einem spektakulären Massenselbstmord.

„Ja, das war irre", sagte einer der uniformierten Beamten. „Neunhundertvierzehn Menschen – über zweihundert davon Kinder – glaubten, sie würden Jones ins Paradies folgen, wenn sie Zyanid schluckten."

Scully schüttelte den Kopf. „Ein paar von ihnen glaubten das vielleicht wirklich und begingen Selbstmord, aber . . ."

Mulder warf ihr sein typisches halbes Lächeln zu. „Sie glauben, daß die meisten von ihnen ermordet wurden."

Scully nickte. „Ich denke, daß die meisten von ihnen gezwungen wurden, das Gift zu trinken. Ich kann nicht glauben, daß über neunhundert Menschen freiwillig Selbstmord begingen."

Mulders Blick kehrte zu dem weißen Tuch zurück, das über Sally Kendricks Leiche gebreitet worden war. „Eve 6 sagte, daß die Eves zum Selbstmord neigen." Das kam ihm irgendwie durchaus glaubwürdig vor.

Scully schnupperte an einem der Gläser, in dem noch ein Rest Cola enthalten war. „Kein Geruch, aber Digitalis hat ein süßliches Aroma“, sagte sie nachdenklich. „Vermutlich schmeckt man es in Limonade gar nicht.“

Ein Kriminalbeamter aus Marin County trat auf die beiden FBI-Agenten zu. „Wir haben die ganze Gegend durchsucht, aber bisher gibt es keine Spur von der anderen Verdächtigen. Wir werden die Mädchen von einem Beamten zurückbringen lassen.“

„Nein“, sagte Mulder prompt. „Ich glaube, es ist besser, wenn wir die Verantwortung für die Mädchen übernehmen.“ Mulder wußte, daß dies nicht der üblichen Prozedur entsprach, aber es widerstrebte ihm, die beiden aus den Augen zu lassen, und er wollte auf keinen Fall, daß sie die Nacht unter staatlicher Aufsicht verbringen mußten. Sie hatten genug durchgemacht.

„Ich würde sie gerne von einem Arzt untersuchen lassen“, pflichtete Scully ihm bei.

„Okay, wie Sie meinen“, stimmte der Detective bereitwillig zu.

In der Gewißheit, daß die Spurensicherung bei der Polizei in guten Händen war, machten sich Scully und Mulder zum Aufbruch bereit. Sie fanden die beiden Mädchen draußen, wo sie von einem weiteren Beamten betreut wurden.

„Kommt, wir bringen euch zurück“, sagte Scully.

„Aber wohin denn“ fragte Teena.

Das ist eine gute Frage, dachte Scully.

„Was soll aus Teena werden?“ wollte Cindy wissen.

„Darüber reden wir im Auto, okay?“ sagte Mulder. Er half den beiden Mädchen in den Wagen und schloß die Tür hinter ihnen.

Scully wandte sich besorgt an ihn. „Sie scheinen sich schon so nahezustehen“, sagte sie. „Es wird schwer für sie, wenn Teena zu Pflegeeltern kommt.“

„Ja“, nickte Mulder und wünschte, er wüßte einen Weg, die Trennung der beiden zu verhindern.

Als sie alle angeschnallt waren, startete Mulder den Wagen und konzentrierte sich auf die Straße. Scully, die neben ihm saß, drehte sich hin und wieder um und sah nach den Mädchen. Cindy und Teena saßen still und wohlerzogen nebeneinander.

Mulder war dankbar, daß die Mädchen ihn nicht zu einer Antwort auf die Frage drängten, was nun mit Teena geschehen würde. Sie mußte wahrscheinlich in das Heim in Greenwich zurückkehren. Er fragte sich ohne große Zuversicht, ob Mrs. Reardon wohl ein zweites so außergewöhnliches Kind adoptieren würde.

Die Mädchen auf dem Rücksitz blieben schweigsam. Doch jedesmal, wenn Scully sich zu ihnen umdrehte, hielten sie sich an den Händen und sahen einander mit einer merkwürdigen Intensität an.

Scully blinzelte, als ihr ein seltsamer und abwegiger Gedanke kam, ein Gedanke, der eher zu Mulder paßte: Hätte sie nicht gewußt, wie unmöglich das war, so hätte sie schwören können, daß die Mädchen telepathisch miteinander kommunizierten.

16

Mit Einbruch der Nacht war ein dichter Nebel aufgezogen. Das Licht der Scheinwerfer versuchte die Dunkelheit zu durchdringen und wurde von dem dunstigen, weißen Dampf zurückgeworfen. Mulder schätzte die Sicht auf ungefähr fünfzehn Meter und verlangsamte das Tempo. Die Straße, auf der sie sich befanden, war vermutlich die längere Strecke in die Stadt, aber Mulder fand, daß sich der Aufwand lohnte. Er mißtraute Eve 8. Er rechnete damit, daß sie irgendwo an der Hauptstraße darauf lauerte, einen weiteren Anschlag auf das Leben der Mädchen zu verüben. Und doch mißfiel ihm etwas an dieser Vorstellung. Warum hatten sich die beiden Eves die Mühe gemacht, die Mädchen zu kidnappen, wenn sie sie anschließend nur dazu zwingen wollten, Selbstmord zu begehen? Hatten sich die Mädchen zu tun geweigert, was die Eves wollten? Er hätte viel darum gegeben, wenn er gewußt hätte, was in diesem Motelzimmer wirklich passiert war. Vielleicht, dachte er, würden sich die Mädchen etwas später öffnen und es ihnen sagen.

Er warf einen Blick in den Rückspiegel. Die beiden saßen immer noch schweigend da und hielten sich an den Händen.

Zu seiner Überraschung meldete sich Cindy plötzlich zu Wort. „Agent Mulder, ich muß auf die Toilette."

„Ich auch", stimmte Teena ein.

Scully beäugte Mulder amüsiert.

„Könnt ihr nicht noch ein bißchen warten?" fragte Mulder, der die Mädchen möglichst bald in Sicherheit bringen wollte.

„Ich muß ganz dringend", beharrte Cindy.

„Und ich könnte eine Dosis Koffein gebrauchen", schlug sich Scully auf die Seite der Kinder.

Mulder sah ein, daß er überstimmt war, und seufzte. Wenig später entdeckte er am Straßenrand einen Truck Stop. Es gab eine Tankstelle für die Fernlaster und dahinter ein Restaurant, dessen Fassade bereits mit farbigen Weihnachtslichtern geschmückt war.

Mulder bog von der Straße ab und parkte vor dem Restaurant. Die Nacht war feucht und durchdringend kalt. Er schloß seinen Mantel, als er, Scully und die beiden Mädchen auf das Restaurant zugingen.

Das Restaurant war einladend hell erleuchtet. Mulder studierte die angebotenen Sandwiches auf der Karte und wünschte, sie hätten genug Zeit, um sich den Luxus einer richtigen Mahlzeit zu erlauben.

Eine junge, dunkelhaarige Kellnerin in blaßgelber Uniform kam mit Tellern voll dampfendem Essen, die sie zu einem der Tische brachte, an ihnen vorbei. „Bin gleich bei Ihnen", rief sie.

Mulder, Scully und die beiden Mädchen gingen zur Essensausgabe und warteten dort auf sie.

„Entschuldigen Sie“, sagte Mulder, als die Kellnerin mit ihrem Tisch fertig war. „Wo sind die Toiletten?“

Die Kellnerin deutete auf einen Durchgang hinter zwei Videospielautomaten am anderen Ende des Restaurants. „Da hinten. Aber Sie brauchen einen Schlüssel.“ Sie reichte ihm zwei lächerlich große Schlüsselringe, von denen jeder an einem dicken, rechteckigen Holzblock hing. Diese Schlüssel würde niemand aus Versehen mitnehmen, dachte Mulder.

Er gab Scully den Schlüssel für die Damentoilette, und sie und die beiden Mädchen setzten sich in Bewegung. Mulder blieb zurück. „Kann ich vier Becher Diät-Cola haben?“ fragte er die Kellnerin.

Die beiden Mädchen drehten sich um. „Keine Diät-Cola!“ widersprachen Cindy und Teena wie aus einem Mund.

„Na schön“, korrigierte sich Mulder amüsiert. „Zwei normale und zwei Diät-Cola zum Mitnehmen, bitte.“

Lächelnd notierte sich die Kellnerin die Bestellung.

Mulder folgte den Mädchen den Gang entlang und an den Videospielen vorbei. Er betrat die Herrentoilette, während Scully und die beiden Mädchen in der Damentoilette verschwanden.

Ein paar Sekunden später ging die Tür der Damentoilette auf, und Cindy kam wieder zum Vorschein.

Aus dem Hintergrund war Teenas Stimme aus der Kabine zu hören: „Agent Scully, meine Tür klemmt."

„Eine Sekunde", sagte Scully.

Cindy, die wußte, daß ihr Zwilling Scully beschäftigen würde, kehrte zur Essensausgabe des Restaurants zurück. Vier Becher Cola zum Mitnehmen standen neben der Registrierkasse. Cindys kleine Hände reckten sich nach oben, gaben den Toilettenschlüssel zurück und griffen dann nach zwei Bechern.

„Einen Augenblick . . ." sagte die Kellnerin.

Cindy drehte sich zu ihr um. „Schon in Ordnung", sagte sie gelassen. „Mein Dad bezahlt, wenn er aus der Toilette kommt."

Überrascht von dem souveränen Selbstbewußtsein des Kindes, lächelte die Kellnerin und gab Cindy nikkend die Erlaubnis, die Getränke mitzunehmen.

Cindy setzte sich mit den Bechern in eine Nische in der Nähe. Aufmerksam schaute sie sich um. Dann holte sie ein Glasfläschchen aus ihrer Tasche, hob die Plastikdeckel von den Cola-Bechern – und fügte jedem der beiden Getränke eine tödliche Dosis Digitalis hinzu.

Cindy benutzte die Strohhalme zum Umrühren. Sie hatte die Deckel gerade wieder angebracht, als sie Mulder kommen sah.

„Sind das die Diät-Cola?" fragte er und setzte sich zu ihr an den Tisch.

„Ja, es sind die hier", sagte Cindy und schob ihm eine vergiftete Cola hin.

Mulder legte seine Schlüssel auf den Tisch und nahm einen Schluck durch den Strohhalm. „Bist du sicher?“ fragte er. „Die ist ziemlich süß. Probier mal!“

Cindy straffte sich und wich ein wenig zurück. „Ich – ich weiß es genau“, beharrte sie. „Ich habe gesehen, wie die Kellnerin sie eingeschenkt hat.“

„Okay“, sagte Mulder lächelnd. Er mochte die Zwillinge und ihre ruhige Selbstsicherheit. Trotz der bizarren Umstände ihrer Geburt und der letzten Wochen gaben sie allen Anlaß zu der Erwartung, daß aus ihnen einmal intelligente, aufgeschlossene Erwachsene werden würden.

Scully kehrte mit Teena von der Damentoilette zurück. „Gehen wir!“ sagte sie.

„Na, dann komm!, sagte Mulder zu Cindy. Die beiden setzten sich in Richtung Ausgang in Bewegung, als Teena sagte: „Vergessen Sie die Getränke nicht!“

Mulder und Cindy drehten sich um und gingen zurück zur Ausgabe, während Scully und Teena warteten.

„Wieviel?“ fragte Mulder die Kellnerin; es machte ihn verlegen, daß er vergessen hatte zu zahlen.

Die Kellnerin sah auf dem Kassenzettel nach. „Fünf Dollar“, erwiderte sie.

„Möchtest du bezahlen?“ fragte Mulder Cindy und hielt ihr das Geld hin.

„Klar“, sagte Cindy lächelnd.

Mulder bedankte sich bei der Kellnerin.

Cindy zahlte und nahm die unvergifteten Getränke. Eines davon gab sie Teena, während Mulder Scully eine vergiftete Diät-Cola reichte.

17

Scully hielt Teena an einer Hand und ihre Cola in der anderen, als sie das Restaurant verließ. Neben ihr blickte Teena starr geradeaus. Ihr Atem verwandelte sich in der kühlen Nachtluft in weißen Dampf.

Scully nippte an ihrer Cola, als sie die Stufen hinuntergingen. „Das schmeckt ja wie Sirup“, sagte sie.

Bei diesen Worten drehte sich Teena um. Cindy, die hinter ihr neben Mulder ging, lächelte. Ihr Plan funktionierte.

Die Agenten und die Mädchen gingen über den Parkplatz auf den Mietwagen zu. Mulder stellte seine Cola auf der Motorhaube ab und griff in seine Manteltasche. Er verzog das Gesicht, als er merkte, daß seine Taschen leer waren. „Cindy, du hast nicht zufällig meine Schlüssel vom Tisch mitgenommen, oder?“ fragte er.

„Nein“, versicherte ihm Cindy.

„Na schön, ich bin gleich wieder da.“ Verärgert über sich selbst trabte er zum Restaurant zurück. Erst hatte er die Getränke vergessen, jetzt die Schlüssel. Entweder war er erschöpft, oder er wurde allmählich senil. Eigentlich hatten sie nur für fünf Minuten halten wollen. Jetzt kam es ihm eher wie dreißig vor.

Draußen beim Wagen beobachteten die beiden Mädchen gespannt, wie Scully den Strohhalm an die Lippen führte und noch einen Schluck von ihrer Cola nahm.

Im Restaurant steuerte Mulder auf die Nische zu, wo Cindy auf ihn gewartet hatte. Er sah die Kellnerin Tische abwischen und hoffte, daß sie noch nicht bei ihrem Tisch gewesen war. Es würde einfach zu peinlich sein, wenn er zugeben müßte, daß er nicht nur vergessen hatte zu zahlen, sondern auch noch seine Schlüssel liegengelassen hatte. Agenten mit Alzheimer, dachte er verzweifelt.

Er erreichte die Nische und sah erleichtert, daß der Tisch unangetastet war. Seine Schlüssel waren immer noch da. Er griff nach ihnen und erstarrte . . .

Nein, dachte er, *das kann nicht sein*. Doch er beugte sich vor und sah genauer hin.

Am Rand des Tisches befanden sich Spuren eines dunkelgrünen Pulvers. Neugierig berührte Mulder es mit dem Zeigefinger und tippte sich dann mit dem Finger an die Zunge. Es war fast so, als hätte er sie mit Novocain berührt. Die Stelle, wo das Pulver seine Zunge berührte, wurde vollkommen gefühllos.

Mulder spürte, wie der Schock ihm die Knie weich werden ließ, als die Teile des Puzzles sich mit einem Mal zusammenfügten. Es war alles so offensichtlich gewesen. Er hatte sich einfach nur dagegen gesperrt, das Offensichtliche zu sehen. Jetzt begriff er endlich, wie Joel Simmons, Doug Reardon und Sally Kendrick gestorben waren.

Und Mulder wußte, daß er keine Sekunde mehr zu verlieren hatte.

Er stürmte aus dem Restaurant und rannte auf den Wagen zu.

„Scully!“ rief Mulder, während er die Stufen hinuntersprang und über den Parkplatz rannte.

„Was ist?“ fragte Scully und nahm noch einen Schluck von ihrer Cola.

Mulder wollte ihr gerade eine Warnung zurufen, doch als sein Blick auf die beiden Mädchen fiel, überlegte er es sich anders.

Cindy und Teena warteten an der hinteren Tür auf der Fahrerseite. Ihre Mienen wurden mißtrauisch, als sie Mulder über den Parkplatz rennen sahen.

Mulder zwang sich, sich nichts anmerken zu lassen, wurde langsamer und ging auf Scully zu. „Ich wollte Ihnen nur die Wagentür aufschließen“, sagte er lächelnd.

Scully sah ihn an, als ob er gerade den Verstand verloren hätte, sagte aber nichts. Schließlich hatte Mulder schon seltsamere Dinge getan, seit sie zusammenarbeiteten.

Mulder schickte sich an, die Tür zu öffnen, und stieß ihr dabei die Cola aus der Hand. Er ließ es wie eine Ungeschicklichkeit aussehen.

„Mulder!“ sagte Scully ärgerlich.

„Oh, tut mir leid“, entschuldigte sich Mulder und fügte dann flüsternd hinzu. „Die beiden haben die Cola vergiftet. Versuchen wir, sie in den Wagen zu bekommen.“

„Okay“, sagte Scully sofort. Sie hatte gelernt, ihrem Partner zu vertrauen, wie absurd seine Theorien auch oft erscheinen mochten. Außerdem zweifelte sie seit einer Weile selbst an der Eve-8-Theorie.

Scully war entschlossen, sich nichts anmerken zu lassen und vermied es, die Mädchen anzusehen.

Mulder jedoch blickte sich nach ihnen um – und sah nur noch zwei Cola-Becher auf dem Boden stehen.

Teena und Cindy waren weg. Die neblige Nacht hatte sie verschluckt.

18

Mulder starrte die beiden Cola-Becher auf dem Boden an. Vor einer Sekunde noch hatten die Mädchen dort gestanden, und nun waren sie verschwunden. Einen kopflosen Augenblick lang fragte er sich, ob es zu den ungewöhnlichen angeborenen Fähigkeiten der Mädchen gehörte, sich in Luft aufzulösen.

Er sah auf der anderen Seite des Wagens nach und rief ihre Namen. Wie konnten sie einfach verschwunden sein?

„Teena! Cindy“! rief er wieder.

„Sie sind weg“, sagte Scully.

Als ihm einfiel, daß er ihr noch nicht berichtet hatte, was er im Restaurant gesehen hatte, wandte sich Mulder seiner Partnerin zu. „Wir haben beide von dem Gift getrunken“, sagte er.

„Wieviel haben Sie getrunken?“ fragte Scully sofort.

„Nur einmal genippt.“

„Vermutlich haben wir nicht genug davon aufgenommen, um eine Wirkung zu spüren“, sagte sie.

„Hoffentlich“, entgegnete Mulder und sah sich in der Umgebung nach möglichen Verstecken um.

Der Parkplatz des Restaurants stand voller Lastwagen. Reihe um Reihe warfen die Zugmaschinen und achtzehnrädrigen Hänger lange, rechteckige Schatten über das Gelände. Reflektorstreifen kennzeichneten ihre Türen und Hecklichter und leuchteten rot in der Dunkelheit.

Mulder und Scully machten sich daran, das Gelände zu durchkämmen. Scully ließ ihre Blicke über den Parkplatz wandern. Sie war bestürzt darüber, wie viele verschiedene Arten von Lastwagen sich dort befanden: Transporter für schwere Maschinen, landwirtschaftliche Erzeugnisse, Möbel, Autos und Computerteile. Sogar ein Tanklastzug war dabei. Natürlich war jedes der Fahrzeuge anders geformt. Manche hatten Leitern, um auf die Dächer steigen zu können, andere hatten offene Ladeflächen. Jeder einzelne, dachte sie besorgt, bot Dutzende von Verstecken. Die Mädchen waren nicht sehr groß. Sie brauchten daher nicht einmal ein besonders gutes Versteck. Sie mußten sich nur hinter einen der riesigen Reifen kauern, und niemand würde sie jemals entdecken.

Sie wollte keine Möglichkeit außer acht lassen und schritt methodisch die Reihen der Laster und Lieferwagen ab. Auf dem Parkplatz roch es nach Öl, Benzin und Abgasen. Wenigstens hatte noch kein Fahrzeug die Raststätte verlassen, rief sie sich in Erinnerung. Irgendwo hier mußten die Mädchen sein.

Mulder prüfte einen anderen Abschnitt des riesigen Parkplatzes. Es hatte kürzlich geregnet. Sein besorgter Gesichtsausdruck spiegelte sich in einer öligen Pfütze.

Er kauerte sich nieder und sah unter den Lastwagen nach, wobei er sich fragte, wie groß ihre Chance sein mochte, die beiden genialen Achtjährigen mit ihrer ausgeprägten kriminellen Neigung zu finden.

Es war erstaunlich, dachte er, wie rasch sich seine Wahrnehmung der Mädchen gewandelt hatte. Noch vor zehn Minuten hatten sie ihm leid getan. Jetzt betrachtete er sie als ebenso gefährlich wie jeden anderen Verbrecher, den er verfolgt hatte. Vielleicht sogar als noch gefährlicher, weil niemand sonst glauben würde, daß sie ihre Väter ermordet hatten – und Sally Kendrick.

Er hätte ihr Theater durchschauen müssen, dachte Mulder wütend. Wie hatte er sich von ihnen blenden lassen können?

Mulder blieb stehen und sah sich auf dem Gelände um. Kein Geräusch war zu hören, keine Bewegung zu sehen . . . bis auf den Zwischenraum vor ihm. Für den Bruchteil einer Sekunde sah er die Kabel unter einem der Laster zittern. Am anderen Ende der Reihe stand Scully und beobachtete die verräterischen Kabel ihrerseits.

Plötzlich tauchten die beiden Mädchen auf. Sie rannten in den Zwischenraum und verschwanden hinter der nächsten Reihe geparkter Lastwagen. Scully und Mulder machten sich aus zwei Richtungen an die Verfolgung.

Mulder spähte unter die Lastwagen und suchte nach Fußabdrücken in den Öllachen unter den Fahrzeugen.

Scully hielt ihre Waffe im Anschlag und lauschte auf jedes noch so geringe Geräusch. Ihr sank der Mut, als sie einen Lastzug fand, dessen offener Hänger mit riesigen Stahlrohren beladen war. Ihr war klar, daß die Mädchen leicht in eines davon hineinpassen würden. Geduldig begann sie in jedes der Rohre hineinzuspähen. Leer. Leer. Leer. Sie schaute unter dem Laster nach und beleuchtete mit ihrer Taschenlampe den Unterbau, der die Ersatzreifen des Lastwagens barg. Auch dort nichts.

Mulders Puls beschleunigte sich, als er Teena und Cindy unter einen der geparkten Lastzüge huschen und auf der anderen Seite wieder herauskommen sah. Als sie sich dem vorderen Ende der Reihe näherten, war Mulder hinter ihnen. Mit einer blitzschnellen Bewegung packte er die beiden Mädchen und schlang seine Arme um sie.

Die Mädchen wehrten sich erbittert. Mulder dachte an das, was Eve 6 gesagt hatte. Den Beweis dafür, daß die Mädchen zu Psychosen neigten, hatte er bereits erhalten. Jetzt schwanden auch seine letzten Zweifel an ihrer außergewöhnlichen Körperkraft. Sie waren ungefähr so leicht festzuhalten wie zwei junge Berglöwen.

„Scully! Ich habe sie!" rief er verzweifelt nach Verstärkung.

Aber auch die Mädchen begannen zu kreischen. „Hilfe! Lassen Sie uns in Ruhe! Er tut uns weh!"

Während Mulder die wild strampelnden Zwillinge festhielt, hörte der Fahrer eines in der Nähe stehenden Lasters den Aufruhr. Er blickte in seinen Seitenspiegel und sah einen Mann in einem langen, dunklen Mantel mit zwei offensichtlich völlig verängstigten kleinen Mädchen ringen.

„Heh!“ brüllte er.

Mulder versuchte verzweifelt, die beiden festzuhalten. Die Tür der Zugmaschine wurde aufgestoßen, und ein untersetzter Mann mit einer mächtigen Brust unter einem karierten Flanellhemd kam auf ihn zu. Eine hochgewachsene Frau in Jeans und Tarnweste folgte ihm auf dem Fuße. Der Mann hatte ein Gewehr bei sich, die Frau eine Brechstange. Sie sah ein wenig besorgt aus, dachte Mulder, aber der Mann schien sich auf einen Kampf zu freuen. *Na prächtig*, dachte er. *Das hat mir gerade noch gefehlt – ein paar heldenhafte Fernfahrer.*

Der Mann richtete das Gewehr auf Mulder.

„Was zur Hölle machen Sie da?“ fragte er mit drohender Stimme.

„Hilfe!“ schrie Teena. „Er schlägt uns!“

„Er will uns etwas tun!“ heulte Cindy, deren Stimme noch hysterischer klang.

„Verschwinden Sie!“ befahl Mulder. „Ich bin FBI-Agent.“

„Und die beiden da sind wohl Amerikas Staatsfeinde Nummer eins?“ fragte der Mann spöttisch.

Scully erreichte die Szene, doch als sie nach ihrer

Dienstmarke greifen wollte, richtete der Mann seine Waffe auf sie. „Nehmen Sie die Hände hoch!" forderte er sie auf. „Und Sie lassen die Mädchen los!"

Scully, die zu klug war, um mit einem Finger am Abzug zu diskutieren, hob die Hände.

Während der Trucker seine Waffe auf sie gerichtet hielt, wanden sich die Mädchen aus Mulders Griff.

„Steigt in den Laster, Kinder!" sagte die Frau bestimmt. „Na los, steigt ein!"

Die Mädchen rannten auf die offene Tür der Zugmaschine zu.

„Ich rufe die Polizei", warnte die Frau die Agenten.

„*Wir sind die Polizei!*" fauchte Scully. Aber es war zu spät. Die Mädchen waren wieder verschwunden. „Mulder!" rief sie.

Mulder setzte den Mädchen nach.

Scully hielt den Fernfahrern ihren FBI-Ausweis vor die Nase und rannte hinter ihrem Partner her.

Auf der anderen Seite des Parkplatzes, vor dem Restaurant, setzte sich ein gelber Schulbus in Bewegung, seine Scheinwerfer geisterten durch den Nebel.

Mulder glaubte, die Mädchen auf der anderen Seite des Busses zu sehen. „Da drüben!", rief er und deutete auf das Restaurant.

Die beiden Agenten stürmten in das Restaurant und liefen sofort in unterschiedliche Richtungen. Mulder rannte zur Rückseite des Restaurants, während Scully auf die Kellnerin zuging.

„Haben Sie die Zwillinge gesehen, die bei uns waren?“ rief sie ihr zu und hielt ihren Ausweis hoch.

„Nein. Ich . . .“ antwortete die Kellnerin erschrokken. Sie hielt inne und fügte dann hinzu: „Hier waren nur eine Menge Schulkinder, die gerade mit dem Bus abgefahren sind.“

Mulder und Scully warfen einen Blick aus dem Fenster und sprinteten aus dem Restaurant. Wenige Sekunden später jagte ihr Mietwagen vom Parkplatz auf die Straße, um den gelben Schulbus zu verfolgen.

In einer anderen Ecke des Grundstücks hatte jemand einen Geländewagen mit Bootsanhänger geparkt. Erst als der Wagen der Agenten verschwunden war, regte sich etwas unter der Persenning, die das Boot bedeckte, dann wurde der Schutzbezug umgeschlagen.

Gelassen schwang Teena ein Bein über die Reling des Bootes und sprang hinab. Unten angekommen, griff sie nach oben, um Cindy zu helfen. Die beiden Mädchen sahen sehr zufrieden mit sich aus. Sie machten sich nicht die Mühe, lange zu beratschlagen, was sie als nächstes tun würden. So, als hätten sie sich bereits auf einen Plan geeinigt, setzten sie sich in Bewegung, um den Parkplatz zu verlassen.

In diesem Augenblick tauchte Mulder auf und packte sie von hinten.

„Habt ihr eure Cola vergessen?“ fragte er sarkastisch.

„Wir haben nichts Böses getan“, sagte Teena mit unschuldiger Stimme.

„Wir sind nur zwei kleine Mädchen“, versicherte ihm Cindy mit süßem Lächeln.

„Das ist das letzte, was ihr seid“, widersprach Mulder.

19

Im Wohnzimmer der Reardons starrte Mrs. Reardon auf das eingerahmte Foto auf dem Kaminsims. Es war ihr Lieblingsbild von Cindy und ihrem Dad gewesen. Doug Reardon war ein gutaussehender Mann mit sandblondem Haar und Schnurrbart und warmen, haselnußbraunen Augen. Auf dem Foto lächelte er und hatte den Arm um seine Tochter gelegt, und hinter ihnen leuchteten die Herbstbäume in hellen Farben.

„Das Bild habe ich erst vor einem Jahr aufgenommen“, sagte Mrs. Reardon mit bebender, aber beherrschter Stimme zu den beiden Agenten. Sie trug einen braunen Pullover über einer blauen Bluse, deren hoher Kragen mit einer silbernen Brosche verschlossen war. Scully glaubte nicht daran, daß man eine Person nach ihrer Kleidung einschätzen konnte, aber die hochgeschlossene Bluse schien ihr den Gesichtsausdruck der Frau widerzuspiegeln. Irgend etwas tief im Innern von Ellen Reardon war verschlossen, bewußt abgeschottet worden.

Scully studierte das Foto nachdenklich. Cindy sah direkt in die Kamera, mit einem Blick, den Scully nun als berechnend und beunruhigend empfand. Das Bild hatte auch auf dem Sims gestanden, als sie und Mulder das Haus zum ersten Mal aufsuchten. Doch keiner von ihnen erkannte damals das wahre Wesen des Mädchens oder schöpfte auch nur den geringsten Verdacht.

„Man hat mir gesagt, sie hätten ein hervorragendes Therapieprogramm, das . . . ihr helfen kann“, fuhr Mrs. Reardon mit zitternder Stimme fort.

Mulder trat vor, das Mitgefühl für die Frau überwältigte ihn fast. Er hatte nicht vor, ihr zu sagen, was für ein Programm Cindy vermutlich erwartete. Innerhalb weniger als einer Woche hatte Ellen Reardon sowohl ihren Mann als auch das Kind verloren, das sie acht Jahre lang für ihre Tochter gehalten hatte. Schlimmer noch, sie hatte erfahren müssen, daß ihre Tochter ihren eigenen Vater ermordet hatte. Und das alles war geschehen, weil die Regierung der Vereinigten Staaten vor fünfzig Jahren geglaubt hatte, sie dürfe in die menschliche Genetik eingreifen.

„Die können sich nicht hinter der Bürokratie verschanzen, Mrs. Reardon“, sagte Mulder zu ihr. „Es ist Ihr gutes Recht, zu erfahren, was geschehen ist, und über Ihre Tochter Bescheid zu wissen.“

Mrs. Reardon nahm das Foto vom Kaminsims. „Alles, was ich weiß, ist . . . daß sie *nicht* meine Tochter ist.“ Die harten Worte wirkten wie ein Dolchstoß. Ihre nächsten Worte kamen so leise, daß Mulder sie kaum hören konnte. „Und daß sie es niemals war.“

Mrs. Reardon zog das Foto aus dem Rahmen und riß es sorgfältig in zwei Hälften. Dann nahm sie die Hälfte mit Cindys Bild und legte sie in die Flammen. Mulder und Scully schauten zu, wie das Bild des lächelnden kleinen Mädchens sich krümmte und in Flammen aufging.

Mulder starrte aus dem Seitenfenster, während Scully den Wagen zurück zum Flughafen von San Francisco steuerte. Heute abend würden sie wieder in Washington sein, und morgen würden sie sich einem neuen Fall zuwenden. Diesen jedoch würden sie nur schwer vergessen können.

„Denken Sie an die Mädchen?“ fragte Scully, während sie sich zum Abbiegen auf die Golden Gate Bridge einordnete. Sie hatten den Stadtrand noch nicht erreicht, doch sie steckten schon jetzt in zähfließendem Verkehr.

„Und an Eve 6 und Mrs. Reardon. Wissen Sie, wir haben keine Ahnung, ob irgendeiner der Adams noch am Leben ist.“

Scully fuhr geduldig im Kriechtempo auf die Brücke zu. „Ich frage mich immerzu, was aus Teena und Cindy wird.“

„Sie werden eine ganze Batterie von Tests an ihnen durchführen“, prophezeite Mulder müde. „Medizinische Untersuchungen, IQ-Tests, psychologische Langzeitstudien. Für den Rest ihres Lebens wird jede ihrer Handlungen überwacht werden. Am Ende wird es ihnen nicht viel anders ergehen als den anderen Eves.“

„Sie haben drei Morde begangen“, erinnerte ihn Scully. „Es wären fünf gewesen, wenn wir ihr Gift geschluckt hätten.“

Mulder nickte. „Sie sind Psychopathen, genetische Mutanten, die dazu bestimmt sind, zu morden. Und die Schlußfolgerung, zu der all die wissenschaftlichen Studien über sie gelangen werden, ist, daß unser Verhalten in unsere Gene einprogrammiert ist, daß wir alle genetisch programmiert sind, eine bestimmte Art von Mensch zu sein, auf eine bestimmte Weise zu handeln, ja sogar bestimmte Arten von Stimmungen zu empfinden. Sie werden die Mädchen benutzen, um zu beweisen, daß unser Schicksal von der Biologie bestimmt ist und daß letztlich nichts anderes eine Rolle spielt.“

„Das ist die alte Frage. 'Was wiegt schwerer– Anlage oder Sozialisation?'“ sagte Scully. „Wenn man glaubt, daß unser Schicksal von der Genetik bestimmt ist, dann bleibt kein Raum mehr für den Einfluß der Familie, der Erziehung oder der eigenen Erfahrungen. Das ist das Ende des freien Willens.“

„Wie frei war Teenas und Cindys Wille?“ fragte Mulder trostlos. „Sie sind beide in liebevollen Familien aufgewachsen. Und was hat es ihnen gebracht?“ Er verzog das Gesicht über die endlose Schlange von Autos, die über die Brücke krochen. „Zu Fuß wären wir schneller drüben.“

„Wir haben reichlich Zeit, zum Flughafen zu kommen“, sagte Scully, die sich nicht auf den Pessimismus ihres Partners einlassen wollte. „Außerdem müssen Sie zugeben, daß man wohl kaum mit einer schöneren Aussicht im Verkehr steckenbleiben kann.“

Mulder blickte nur finster angesichts ihres Versuchs, einen humorvollen Ton anzuschlagen, so daß sie zum Thema ihres Gesprächs zurückkehrte. „Teena und Cindy und die Eves sind allesamt Extremfälle“, erklärte Scully. „Manche genetischen Bedingungen sind so überwältigend, daß sie uns beherrschen. Es liegt auf der Hand, daß ein Kind, das mit Mongolismus geboren wird, in seiner Handlungsfähigkeit stark eingeschränkt ist und eine ganz klare Neigung zu bestimmten Verhaltensmustern hat. Aber ich bin überzeugt, daß die meisten von uns mehr Wahlmöglichkeiten haben.“

Mulder förderte eine Handvoll Sonnenblumenkerne aus seiner Tasche zutage. „Das dachte ich auch immer.“

„Wissen Sie“, fuhr Scully nachdenklich fort, als das San Francisco zugewandte Ende der Brücke in Sicht kam, „das Gute an all diesen genetischen Forschungen ist, daß, wenn man erst einmal die biologische Ursache eines Problems erkannt hat, das Problem oft mit Medikamenten behandelt werden kann. Ich meine, die Forscher haben herausgefunden, daß die manisch-depressive Krankheit mit einer genetischen Mutation zusammenhängt, und es ist ihnen gelungen, sie erfolgreich zu behandeln. Vielleicht finden sie auch etwas, um Teena und Cindy zu helfen.“

Es war typisch für Scully, dachte Mulder, eine optimistische Sicht der Genforschung zu vertreten. Sie war durch und durch Wissenschaftlerin. Und natürlich konnte er gegen wirksame Behandlungsmethoden gegen verheerende Krankheiten keine Einwände erheben. Doch tief in seinem Innern konnte Mulder die Frage nicht abschütteln, ob die Wissenschaftler die Weisheit – oder das Recht – besaßen, etwas so Grundlegendes und Tiefgreifendes wie den genetischen Code eines Menschen zu verändern.

„Verraten Sie mir etwas, Scully", sagte er. „All diese Manipulationen mit der DNS – glauben Sie, daß das richtig ist?"

„Ich glaube, es ist unvermeidlich", erwiderte Scully. „Im Augenblick fördert unsere Regierung ein drei Milliarden Dollar teures internationales Projekt zur Entzifferung des menschlichen Gen-Codes. Labors aus aller Welt schicken auf Disketten gespeicherte genetische Codes an Genom-Bibliotheken. Das wird der nächste Höhepunkt in der Biotechnik. Alle erwarten, daß die Entzifferung des genetischen Codes die Medizin des einundzwanzigsten Jahrhunderts radikal verändern wird. Ärzte werden in der Lage sein, Tausende von krankheitsverursachenden Genen bei ihren Patienten zu identifizieren. Das bedeutet, daß sie die meisten Krankheiten diagnostizieren – und heilen – können, ehe sie überhaupt ausbrechen."

„Hört sich großartig an", sagte Mulder.

Scully warf ihm einen amüsierten Blick zu. „Ich glaube nicht, daß wir es gut oder schlecht nennen können. Wie so viele Dinge, die unsere Spezies hervorgebracht hat, kann die Genforschung positiv genutzt werden oder auch großen Schaden anrichten."

Sie stellte eine Gegenfrage. „Meinen Sie nicht, daß es im genetischen Code unserer Spezies irgend etwas geben muß, das uns veranlaßt, immer wieder zu experimentieren – Bomben *und* Raumschiffe zu bauen, mit Genetik und Gravitation und Gourmetküche herumzuspielen?"

Mulder rutschte auf seinem Sitz herum, als der Verkehr nachließ und sie sich auf den Highway einfädelten, der zum Flughafen führte. Diesmal war er es, der amüsiert dreinschaute. „Vielleicht liegt das einfach daran, daß wir es *können*", sagte er. „Das menschliche Tier hat die Fähigkeit, sich diese Dinge vorzustellen und dann Wege zu finden, um sie zu verwirklichen. Und wenn wir erst einmal die Fähigkeit haben, etwas zu tun – Computer zu bauen oder die DNS umzustrukturieren –, können Sie darauf wetten, daß wir es auch tun werden – ganz gleich, welche Auswirkungen es für das Leben zukünftiger Generationen hat."

20

Im Keller des Whiting-Instituts für geistesgestörte Kriminelle öffnete sich weitab von den anderen Insassen ein schmales Schiebefenster in einer schweren Stahltür. Das Glas war mit Stahldraht verstärkt und die Öffnung nur wenige Zentimeter breit – gerade groß genug, damit die Insassin der Zelle hindurchsehen konnte. Der Name über dem winzigen Fenster lautete „Eve 6“.

Eve 6 spähte mit seltsam zufriedener Miene durch den Schlitz.

„Hallo, Kinder“, sagte sie mit ihrer unheimlichen, unsteten Stimme.

Sie betrachtete zwei Türen auf der anderen Seite des Gangs. Eine davon war mit „Eve 9“ beschriftet, die andere mit „Eve 10“.

In den anderen Zellen traten Teena Simmons und Cindy Reardon an die Gitterstäbe heran. Keines der Mädchen wirkte furchtsam. Sie musterten Eve 6 mit ruhigen, neugierigen Blicken und lächelten.

Eve 6 erwiderte ihr Lächeln. „Es ist schön, ein wenig Gesellschaft zu haben“, sagte sie.

Ein Stockwerk höher ging eine Frau in einem weißen Laborkittel auf den Wärtertisch im Zellenblock Z zu.

Wie unzählige Male zuvor präsentierte sie dem uniformierten Mann ihren Ausweis.

Der Wärter überprüfte ihre Papiere und nickte. „Unterschreiben Sie hier!“ sagte er. Dann überreichte er ihr einen der Panikknöpfe, die er Scully und Mulder gegeben hatte.

Die Ärztin nickte und wartete dann ab, bis ein anderer Aufseher ihr die erste der schweren Stahltüren öffnete. Ohne ein Wort bog sie ab und stieg die Treppe hinab. Sie brauchte niemanden, der ihr den Weg zeigte.

Im Keller des Zellenblocks Z blickten zwei acht Jahre alte Augenpaare durch die schmalen Öffnungen in den schweren Türen. Sie beobachteten, wie ein Aufseher die letzten Riegel öffnete, die ihre Zellen von den anderen trennten.

Eine Frau in einem weißen Laborkittel dankte dem Mann und kam dann auf ihre Zellen zu. Cindy beobachtete sie und registrierte die Unterschiede. Sie hatte eine kleine Narbe auf einer Wange. Ihr rötlich-braunes Haar trug sie straff zurückgebürstet und mit einer Klammer im Nacken zusammengesteckt; außerdem hatte sie winzige goldene Ringe in den Ohrläppchen. Aber das waren nur Kleinigkeiten, Unterschiede, die kaum eine Rolle spielten. Die Ärztin war das genaue Abbild von Sally Kendrick.

„Hallo, Eve 8“, sagte Cindy gleichmütig.

„Wir haben dich schon erwartet“, sagte Teena.

„Woher wußtet ihr, daß ich euch besuchen komme?“ fragte die Ärztin mit einem verschlagenen Lächeln.

„Wir wußten es einfach“, sagte Cindy.

„Wir wußten es einfach“, echote Teena.

DIE WAHRHEIT IST IRGENDWO DORT DRAUSSEN....™
AKTE X™
Das Magazin
Die Comics
Ab sofort im Zeitschriftenhandel!
Spannende Folgen aus der ersten Staffel zum Nachlesen!
ÜBERALL WO ES BÜCHER GIBT!

AKTE X
DIE UNHEIMLICHEN FÄLLE DES FBI
DAS AQUARIUS-PROJEKT
UUMPF!
MULDER! WIR SIND NICHT ALLEIN!
Nicht im Fernsehen -
nur eXklusiv bei CARLSEN!
Die neuen Fälle der FBI-
Agenten Scully und Mulder:
-Wir sind nicht allein
-Firebird
-Der Kannibale
-Das Aquarius-Projekt
-Echos der Vergangenheit
CARLSEN COMICS
Überall, wo's Bücher und Comics gibt
© Twentieth Century Fox, Beverly Hills/CTM Merchandising, München

MOVIESTAR
MAILORDER
SHOP
DIE INTERNATIONALE MAILORDER
WIR FÜHREN ALLES ÜBER:
HORROR
FANTASY
SCIENCE FICTION
WIE ZUM BEISPIEL:
BÜCHER
VIDEO'S
ZEITSCHRIFTEN
BAUSÄTZE
USW. USW. USW.
KATALOG GEGEN 5,- DM ANFORDERN
(MIT AUSLIEFERUNG IN ÖSTERREICH)
EDIEN P & W GMBH •SHOP• WIEHENWEG 14 • 32479 HILLE
TEL: VON 8:00 - 16:00 UHR = 05703/95904
TEL: VON 18:00 - 21:00 UHR = 02065/65213
FAX: 24 STUNDEN = 05703/95906

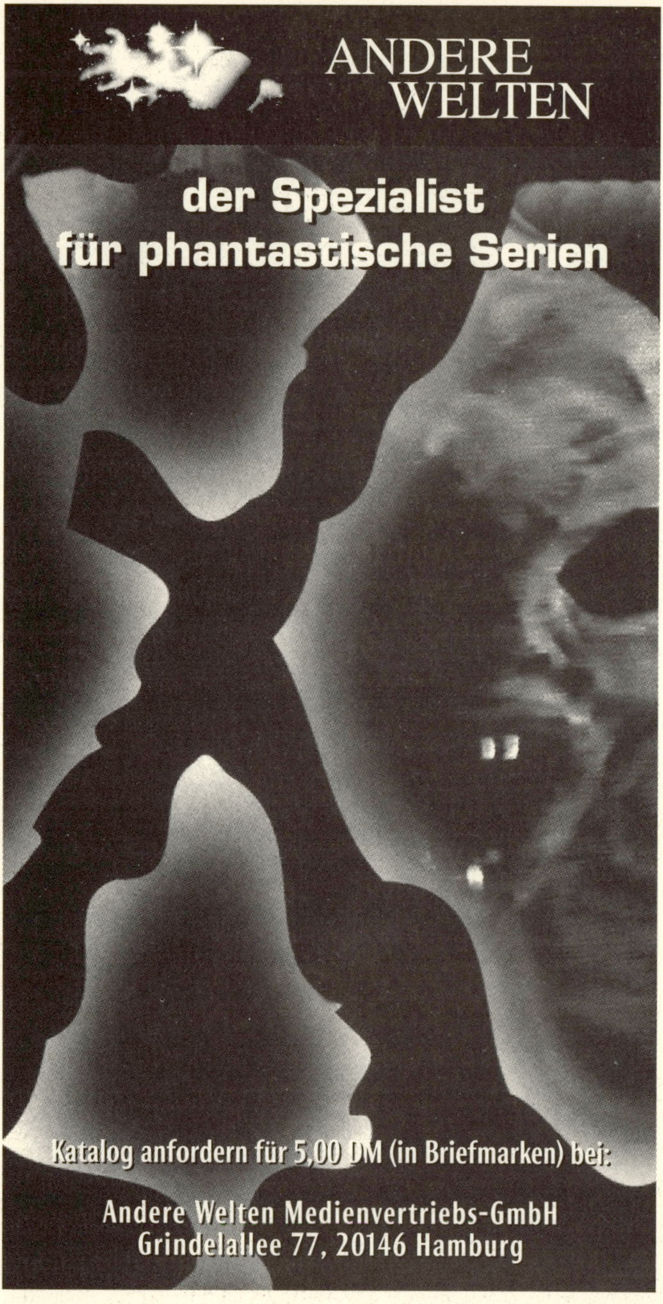
ANDERE
WELTEN
der Spezialist
für phantastische Serien
Katalog anfordern für 5,00 DM (in Briefmarken) bei:
Andere Welten Medienvertriebs-GmbH
Grindelallee 77, 20146 Hamburg